한
사람을
위한
마음

한 사람을 위한 마음

이주란 소설

문학동네

차례

한 사람을 위한 마음

지난 토요일은 P의 결혼식이었다. 나는 그날 출근을 해야 했는데 결혼식 시간이 임박해오자 아무래도 마음에 걸렸다. 사장님 부부에게 사정을 말하니 바로 퇴근을 시켜주었다. 거리가 꽤 되었는데도 다행히 늦지 않게 참석할 수 있었다. P는 결혼식이 진행되는 내내 활짝 웃고 있었다. 신혼여행은 뱃속의 아이가 안정을 찾고 나면 하와이로 갈 예정이며 신혼집은 반포라고 했다. 오늘 정말 예쁘다고, 너무 축하한다고 내가 말하자 너도 얼른 가라고 P가 말했다. 나는 웃음을 지어 보인 뒤 집으로 갔다.

결혼식이 끝날 때쯤 갑자기 퍼부은 소나기 때문에 당황하고 있던 걸 거의 일 년 만에 만난 고교 선배 N이 집까지 차로 태워다주어서 편하게 올 수 있었다. 몸은 편했지만 이야기는 그렇지 않았다. N과 나는 작년 여름 장례식장에서 만난 적이 있었다. 고교 시절 함께 절친했던 선배가 자살을 했기 때문이었다. 우리는 그날 했던 이야기의 대부분을 반복해서 다시 했다. 그리고,

그날 P는 안 왔잖아?

N이 물었고,

네. 일이 바쁘다고.

내가 대답했다. 선배의 부고를 알렸을 때 P는 답장이 없었지만 다음날 오래전 선배와 함께 찍은 사진과 함께 SNS에 장문의 추모글을 올렸었다. 워낙 바쁘게 살고 있어 그런가보다 생각했었는데,

삼십 분이면 올 수 있지 않아?

N이 물었다. 그게 P가 사는 곳과 장례식장 간의 거리를 묻고자 하는 것이 아니란 건 알았다.

오빠는 결혼생활 어떠세요?

그냥 남들 같지 뭐.

그러고 나면 P의 남편(잘 알지도 못하면서)에 대한 이야기나 결혼을 하기 위해 그간 많은 노력을 했던 P의 이야기로 넘어갈 수 있으리란 생각이 있었는데 어쩐지 그런 이야기는 하나도 하지 못하고 집에 도착했다. 갑자기 내린 비에 대한 이야기와 미세먼지, 우울증과 마그네슘에 대한 이야기를 나눴다. 아무튼 집에 와서는 냉장고를 뒤져 이것저것 먹었다. 나는 〈나는 자연인이다〉 세 편을 연이어 보다가 평소보다 일찍 잠들었다.

새벽에 일어나 P가 올린 추모글을 다시 찾아 읽었다. 우리는 어릴 때부터 글을 잘 썼다.

자연인 이모, 안 자?

송이가 귀와 몸이 긴 토끼인형을 안고서 방문을 밀고 들어왔다.

송이 깼어?

레나가 이모 얼른 잘 자래.

송이가 내 팔을 베고 누워 말했다. 팔다리가 금방이라도 떨어져 나갈 것처럼 덜렁덜렁하는, 귀와 몸이 긴 토끼인형의 이름이 레나다. 꿰매줘야 하는데 매번 잊고 만다. 레나는 송이가 좋아하는 만화영화에 나오는 캐릭터의 이름이다.

나는 눈을 감고 언니를 떠올린다. 엄마와 함께 어려운 상황들을 헤치며 나름대로 즐겁게 자라던 우리들. 언니는 하얗고 나는 까맸던 우리들의 얼굴색과, 그러나 쌍둥이처럼 똑같이 입고 있는 옷 두 벌 같은 것들. 그리고…… 생각의 끝엔 항상 언니와의 마지막이 찾아온다. 기억은 언제고 멈추어야 하고 나는 그게 우리의 마지막 순간이 아니라 그저 좋았던 기억이고 싶다. 그러나 이미 언니와의 마지막 기억이 머릿속을 지배하고 있기 때문에 억지로 다른 기억을 떠올린 뒤에야 겨우 잠들 수 있다. 어떤 순간도 마지막이 될 수 있다고 나는 생각한다. 그리고. 그래서 마지막을 연습하는 것처럼 나는 매일 똑같은 일상을 보낸다. 송이는 올해 삼학년이 되었고 나는 엄마 대신 송이의 담임 선생님과 학기초에 이뤄지는 개별 상담을 했다.

나는 서점에서 하루에 열 시간씩 일한다. 아주 작은 서점이고 매출로만 보면 없어지는 게 맞을지도 모를 곳이다. 지역에서는 명문이라고 불리는 고등학교 앞에 위치해 있지만 참고서를 주로 파는데다가(그것만 판다고 해도 틀린 말은 아닐 것이다) 걸어서 십 분 거리에 있는 이백 평짜리 대형 서점이나 주문하면 당일에도 도착하는 인터넷 서점에 밀려 손님이 많지는 않다. 많지 않지만 등교 시간보다 한 시간씩 일찍 와서 문을 두들겨대는 학생도 있고 문을 닫은 일요일 저녁에 서점 안을 빤히 들여다보는 어른도 있다. 깜짝 놀라 문을 열어보면 아직도 이 서점이 여기에 있느냐고 물으며 들어와서는 출간된 지 삼십 년은 된 듯한 책들을 뒤적이다가 한두 권 사가곤 한다. 출간된 지 너무 오래되어 정가가 삼천원이거나 사천원인 걸 보면 나도 조금 놀라곤 한다.

이곳은 원래 삼십 년 넘게 선배의 부모님이 직접 운영하셨으나 삼 년 전 건강이 좋지 않아 직원을 구하게 되었다. 사장님 부부가 긴 고민 끝에 직원을 구하기로 하고 A4용지에 정성 들여 쓴 구인 공고를 붙이던 날 저녁, 나는 약속 시간에 늦는 친구를 기다리며 동네 여기저기를 걷다가 우연히 서점 앞을 지나게 되었다. 그리고 구인공고를 본 순간 망설임 없이 서점 안으로 들어갔다. 고교 시절 늘 다니던, 공부도 못하면서 참고서만 사느라 좋은 기억도 딱히 없으면서 어쩐지 정이 들어버린 곳이었다.

안녕하세요, 인사를 하고 일을 하고 싶다고 하니 따뜻한 국화차를 한잔 주며 지금 시간이 되느냐고 물었다. 나는 동그랗고 오래된 테이블을 앞에 두고 사장님 부부와 마주앉았다. 처음에 나의 간단한 신상을 묻고 이곳의 근로조건을 말해준 뒤로는 사장님 부부가 살아온 이야기를 들려주었다. 이야기는 강원도 산골로부터 시작되었고 "그게 우리 소박한 꿈이거든요"로 끝났다. 그러니까 어째서 이 서점을 지키고 싶은지에 대한, 그런 마음에 대한 이야기였다.

당시 나는 집에서 두 시간 거리의 학원에서 아이들에게 국어를 가르치고 있었다. 어떤 이유에선지 학생의 뺨을 때리고 말도 없이 사라진 동료 선생 대신 그 일로 찾아오는 모든 사람들에게 사과를 하며 하루하루를 보내던 때였다. 사정이 생겨 일을 그만둬야 할 것 같다고, 다른 선생님이 올 때까지는 수업을 하겠다고 말하자 원장은 갑자기 가발을 벗어던지며 옆, 옆, 옆 교실에까지 다 들릴 만큼 큰 소리로 "씨발년아 당장 나가"라고 소리를 질렀다. 그간의 모든 스트레스를 나에게 푼 모양이었다. 나는 좀 놀라긴 했지만 요즘 같은 때에 그럴 수 있다 생각했고, 담담히 가방을 싸서 집으로 돌아왔다. 그날 새벽 원장은 내게 미안하다며 다른 선생을 구할 테니 이 주 정도만 더 수업을 해달라고 메시지를 보냈고 나는 그렇게 하겠다고 했다. 이틀 뒤부터 사람들이 면접을 보러 오기 시작했다. 일주일 만에 새 선생님이 결정되었고 나는 여느 날과 다름없이, 한마디 인사만 나누고는 짐을 뺐다. 그리고 바로 다음날부터 서점으로 출근하기 시작했다.

집에서 서점까지는 내 걸음으로 이십 분쯤 걸린다. 근무 시간은 아침 일곱시부터 오후 다섯시까지. 버는 돈은 전보다 적어졌는데 어쩐지 저축도 하며 지낸다. 세시 사십분이 되면 수업을 마친 아이들이 슬리퍼를 끌고 나와 돌아다닌다. 맞은편에 새로 생긴 편의점이 북새통을 이루고 몇 명은 우리 서점에 들러 참고서를 사간다. 종이 울리면 아이들은 다시 교문 안으로 들어가고 교문 안으로 들어서는 아이들은 싫다고 욕을 해대면서도 뭔가 웃고 있는 것 같아 보인다. 나는 서점을 청소하며 그렇구나, 생각을 하고 다섯시가 되면 퇴근을 한다. 내가 퇴근을 하면 일찍 저녁식사를 마친 사장님 부부가 출근을 한다. 그들은 밤 열시까지 불을 켜고 그곳에 있다. 그냥…… 그곳에 있는 것이다. 나는 가끔 엄마나 송이와 밤 산책을 하며 서점 앞을 지나고, 사장님 부부가 텔레비전을 보거나 감자나 옥수수 같은 것을 먹는 장면을 보곤 한다.

사흘간 감기몸살로 출근을 하지 못하고 끙끙 앓았다. 엄마는 고된 일을 마치고 와서 나를 간호해주었고 송이 역시 고된 학교생활을 마치고 와서 나를 간호해주었다.

송이…… 너…… 이모 데리고…… 병원놀이 하는 거지……

이모, 쉿. 눈 감고 많이 많이 자.

송이에 따르면 많이 자야 낫는다고 한다.

그래. 환자가 말이 너무 많다.

엄마도 송이 말을 거들었다. 나는 더 대꾸할 힘도 없이 온몸에 약기운이 퍼져가는 것을 느끼며 순식간에 잠들었고 정말 많이 잤다. 그리고 다음날 가뿐하게 일어나 오래 몸을 씻고 출근을 했다. 출근길에 휴대폰을 켜보니 P로부터 문자메시지가 와 있었다. 이틀 전에 온 것이었다. N과 함께 신혼집에 놀러오라는 얘기였고 나는 며칠 몸이 아파 답이 늦었다며 알겠다고, 시간을 맞춰보자고 답장을 보냈다.

점심 도시락을 먹고 파블로 네루다의 시집을 읽고 있는데 준호씨가 왔다.

조지영씨, 아프셨다면서요?

준호씨는 편의점 옆 건물 일층에서 학생들을 상대로 가격이 저렴한 파스타집을 운영하는데, 점심 장사를 마치고 나면 종종 들른다. 어떤 이유에선지(아마 조금이라도 매출을 올려주려는 마음일 거라고 생각한다) 책을 한 권씩 사기도 하는데, 오래된 책을 사가는 사람은 있어도 책을 새로 들여놓는 일은 없는데, 여기 있는 책이 다 팔리면 어떡하느냐고 묻곤 한다.

참고서가 많잖아요.

음, 이참에 수능을 다시 볼까요.

정말 그럴 수도 있을 거라는 생각이 들게 대답한다. 준호씨가 가고 나는 읽던 시집을 계속 읽었다. 네시쯤 되면 청소를 한다. 작고 오래된 곳이지만 깨끗하다. 청소를 마치고 나면 빗자루를 든 채로 서점 밖에 서서 가만히 그 안을 들여다본다.

퇴근을 하면 송이의 학교로 간다. 학원에 가지 않는 날에 송이는 내가 올 때까지 돌봄교실에서 시간을 보낸다. 송이는 보통 교실 한구석에서 책을 읽고 있다. 돌봄교실은 꽤 넓고 여러 학년이 섞여 있는데, 송이는 나이나 성별에 관계없이 친구들하고 잘 지내는 편이지만 혼자서도 잘 놀곤 한다. 내가 보호자란에 서명을 하는 사이, 송이는 가지고 놀던 것들이나 읽던 책을 정리하고 겉옷을 입는다. 아이를 데려갔다는 사실을 확인하는 서명란에는 엄마, 아빠, 할머니, 태권도 선생님 등 아이와의 다양한 관계가 쓰여 있다. 보호자인 것이다. 나는 처음에는 이모라고 적었지만 언젠가부터 내 이름을 적었다. 거기에 이모라고 적는 것보다 내 이름을 적을 때, 나는 내가 송이의 보호자라는 것을 확실하게 느낄 수 있고 그때마다 기분이 묘해지곤 한다. 우리는 선생님께 인사를 하고 교실을 나왔다.

오늘 간식은?

크림빵이랑 요플레.

요거트?

요플레!

어떤 맛?

요플레!

이런 식으로 말하면 내가 "정확하게 말해야지" 하는 것을 알면서도 송이가 나를 놀리며 조금 앞서 뛰듯이 걸어갔다. 우리는 마트에 가서 반찬거리와 젤리와 막걸리를 샀다. 내가 젓갈을 사자 송이가 싫어했고 막걸리는 오늘 입맛이 없다는 엄마 몫으로 샀다.

삼월이라 스트레스 받는 것 없어?

적응 다 했어.

벌써?

아니.

삼월엔 어쩔 수 없이 우리가 좀 긴장하곤 했다. 송이의 학교생활이 걱정되었기 때문이다. 일학년 때는 친구들이 부모님에 대해 물으면 울거나 화를 내곤 했었는데 요즘은 내색을 잘 안 한다. 나보다 옷도 잘 입고 마음도 밝고 넓은 아이. 송이가 모든 순간을 꾹 참고 있는 거라고는 생각하지 않지만 그럼에도 불구하고 늘 걱정이 된다.

김치부침개와 막걸리로 저녁상을 차려놓고 엄마와 옛날 이야기를 했다.

넌 커가면서 오히려 성격이 나빠졌다.

뭐?

내가 흘겨봤더니 엄마가 막걸리를 한잔 마시고 말했다.

결혼하고 싶지 않아?

별로.

이 소명서가 또 왔어.

아이 참.

너 개명할래?

이름은 괜찮고 성을 김으로 바꾸고 싶은데.

김지영으로?

응. 그러고 보니 요즘에 애들 보면 조씨가 별로 없는 것 같아.

미안해, 엄마가 보통으로도 못 키워줘서.

……

어릴 적 '조지'나 '조져버려', 혹은 더 심한 말로 나를 놀리며 신나하던 언니가 떠오른다. 혹시 죽어서도 힘들진 않을까, 그런 생각이 드는 밤.

P의 집에 갈 날짜를 정하는 일은 쉽지 않았다. 저녁을 먹고서 N까지 셋이서 대화를 해보니 P가 화요일만 된다는 것이다. N은 화요일과 목요일엔 여덟시에 일이 끝난다며 도착하면 아홉시쯤 될

텐데 다른 요일은 전혀 안 되느냐고 물었다. 우리는 늦어도 열시쯤엔 헤어지는 편이기 때문에 그랬을 것이다. 그러나 P는 곧바로 자신은 화요일이 가장 낫다고 말하며 지영이와 먼저 만나고 있을 테니 늦더라도 꼭 오라고 말했다. 우리는 똑같은 말을 반복하다가 일주일 뒤 화요일에 만나기로 했다.

송이는 공식적으로는 엄마와 한방을 쓰지만 잠은 여기저기 옮겨 다니면서 잔다. 나름의 기준이 있는지 어떨 때는 엄마랑 자고 어떨 때는 나랑 자는 것이다. 오늘 송이는 엄마와 자려는 모양이다. 막걸리 두 병을 마신 엄마 품에 송이가 안겼고 레나는 송이 품에 안겼다.

할머니, 나한테 심바라고 불러봐.

심바?

응, 그럼 나는 할머니한테 품바라고 불러줄게.

심바가 뭔데?

사자.

우리 송이 사자가 좋아?

응.

오, 멋지네. 그럼 품바는 뭘까?

바보.

나는 송이가 엄마 품에 안겨 있는 것을 보거나 내 품에 안겨 잘 때 슬프면서도 행복하다. 해줄 수 있는 게 없어서 슬프고 해줄 수 있는 게 있어서 행복하다. 그러니까 내가 송이를 바라볼 땐 언제나 슬픔이 먼저고 그다음이 행복인데 송이도 그랬으면 하는 것, 송이가 자신을 바라볼 때 처음엔 좀 슬프더라도 마지막은 좋았으면 하는 것…… 그게 내 유일한 바람이다.

엄마의 코 고는 소리가 작게 들려온다. 엄마는 송이와 함께 살고 일 년쯤 지났을 때 이런 말을 한 적이 있다. "흰머리만 났었는데 이젠 검은 머리도 나는 것 같다." 나는 언니와의 마지막 순간을 떠올릴 때마다 엄마의 그 말을 오래 생각하다가 잠들곤 한다.

밤사이 비가 조금 내렸고 자주색과 회색 보도블록 사이로 올라오는 새싹들을 밟지 않으려고 어렵게 걸어 출근을 했다. 서점 문을 열고, 전등 스위치를 켠다. 빗자루를 들고 서점 앞 작은 마당에 떨어진 나뭇잎들을 잠시 바라보다가 그대로 두자고 생각한다. 사장님 부부에게 출근을 알리는 메시지를 보내고 내 자리에 앉았다. 몹시 한가로웠던 겨울이 지나고 찾아온 봄엔 작은 서점도 같이 활기를 띤다. 일교시 시작 전 정신없이 뛰어들어와 참고서와 문제집을 사간 현우는 쉬는 시간에 다시 뛰어내려와 잘못 사간 참고서를 바꿔 갔다. 이학년 것을 사간 것이다. 현우는 고삼인데 일학년 때부터 자주 다른 학년 것을 사가곤 했다. 그러고 보니 나 역시 잘못

팔았잖아? 조금 자책을 하고서, 현우가 중학생 때도 그랬을까 생각해본다. 그랬겠지, 라고 단정짓지 않기 위해 나는 지금과는 전혀 달랐을 수도 있는 현우의 지난 시절을 상상해본다. 그리고 역시 난 상상력이 없는 것 같다고 생각하며 이교시부터 다시 한가로운 시간을 보낸다. 나는 차근차근 장부를 정리하고 발주를 넣은 뒤에 아이들 점심시간 전에 밥을 먹어두기 위해 준호씨의 가게로 갔다.

저 불고기스파게티 포장할 건데 몇 분 후에 오면 될까요?

지영씨는 봉골레 좋아하시는데.

맞아요.

불고기 금방 돼요. 제가 갖다드릴게요.

나는 계산을 마치고 서점으로 돌아와 책장 구석에 오래 꽂혀 있던 『독설의 기술』을 펼쳤다. 모기를 잡을 때는 살충제를 뿌려서 잡는 게 아니라 살충제 통으로 때려잡는 거란 부분까지 읽었을 때 준호씨가 왔다.

지영씨는 별자리가 어떻게 되세요.

전 염소자린데요.

아, 그러시구나. 전 물고기자리거든요. 어느 날이었어요. 오래전 일이죠. 혼자 집에서 영화제 시상식을 보고 있었거든요. 그때 〈물고기자리〉가 무슨 상인가를 받는 상황이었어요. 근데 그 시상자가 불고기자리……

준호씨는 웃느라 말을 끝맺지 못했다.

아, 준호씨가 물고기자리여서 더 재밌으셨던 거구나.

네, 네. 맞아요.

나는 읽던 책을 슬그머니 내려놓았다. 준호씨는 그제야 불고기스파게티를 책 옆에 내려놓았고 끝까지 웃으면서 서점을 나갔다. 나는 금방 해서 따뜻하고 설탕을 넣어 달콤한 불고기스파게티를 배부르게 먹었다. 남긴 적이 없어서일까. 정말 괜찮다는데도 늘 양을 넉넉히 만들어준다.

사장님 부부가 즐겨 마시는 감잎차를 오늘은 나도 한잔 마시며 오후 시간을 보냈다. 다섯시가 다 되어갈 무렵 비가 내리기 시작했다. 퇴근길에 준호씨의 가게에 들러 잘 먹었다고, 고맙다고 인사를 하고 광역버스를 탈 수 있는 버스정류장으로 갔다. 나는 일곱시까지 가기로 했고 N은 아홉시까지 오기로 했다.

반포역에서 내려 십오 분쯤 걸어 P의 집으로 갔다. 초행길이었지만 찾는 것은 어렵지 않았다. 무엇을 사가면 좋으냐고 했더니 휴지라고 해서 가는 도중 편의점에 들러 두루마리 휴지와 아몬드가 박혀 있는 초콜릿 박스를 사갔다. P의 집은 그녀와 아주 잘 어울리는 깨끗하고 멋진 아파트였다. 나는 식탁에 앉았고 P는 내게 줄 따뜻한 녹차를 준비했다.

비가 와서 오는 데 힘들었지?

아냐, 괜찮았어.

P는 휴대폰으로 음악을 재생시켰고 나는 한참이 지나서야 그게 CCM이라는 것을 알았다. 나는 원래는 날씬했던 P의 남편이 매일 야근을 하느라(전문직이라) 야식을 먹어 살이 찔 수밖에 없다는 얘기와 시댁에 관한 이야기를 들었다. 서울대 음대를 나온 남편의 형, 그러니까 P의 아주버님이 사이비 종교에 빠져 전도를 위해 길에서 바이올린을 연주하고 다니는 바람에 길에서 한바탕 난리가 났었다는 것이다. 아주버님이 매일 아침마다 집에서 누룽지를 구워 적당히 부순 다음에 비닐팩에 넣어 가는 짓까지 하는데 그게 길에서 사람들에게 나눠주기 위함이라고 한다.

아니, 요즘 누가 누룽지를 먹니?

P는 아주버님이 자신에게 나쁜 영향을 끼치는 엄청난 사람이라고 토로한 뒤, 출산을 하게 되면 닥칠 회사에서의 불이익에 대해 이야기했다. 나는 P와 불과 얼마 전까지 완전한 타인이었던 아주버님이라는 사람이 이젠 P의 커다란 고민거리가 되어버렸다는 사실이 신기했다.

문제가 하도 많아서 대책을 세워두느라 바빴어.

어릴 때부터 늘 일등만 하던 P. P는 여러 대책을 세워두긴 했지만 미래에 대한 두려움은 어쩔 수가 없더라고 말했고 나는 녹차를 마시며 고개를 끄덕였다.

하지만 결국엔 당신께서 도와주실 거니까.

아버지를 용서한 건 그냥 너잖아?

내가 물었더니 P는 단호하게 아니라고 말했다. 당신께서 도와주실 거라고 말하는 부분에서 눈물을 조금 흘리기도 했던 P는 이제 내게 엄마와 송이에 대해 이것저것 물어왔다. 우리 셋은 각자 나름대로 최선을 다하고 있고, 올해 들어서는 더 잘 지내고 있다고 나는 대답했다.

고무나무를 핑계로 널 버리고 간 태국놈을 아직도 기다리고 있는 건 아니지?

눈물을 닦은 P가 물었다. 나는 언젠가부터 P에게 내가 만나는 사람들에 대한 이야기를 하지 않았다는 것을 깨달았다.

그게 아니라면 너도 얼른 누구 만나서 결혼해.

P가 말했다.

누구?

내가 되묻자,

그야 나는 모르지.

P가 말했다.

모르면서 왜 그런 말을 해.

내 말에 P는 아무 말이 없었고 나는 내가 사온 초콜릿을 두어 개 까먹었다. P는 잠시 침묵 뒤에 자신의 결혼에 따른 새로운 관계들에 대해 정의내렸고 나는 P의 말들에 대부분 공감했다.

그럴 수밖에 없었고, 시계를 보니 어느새 아홉시 십분이 지나고 있었는데 N으로부터 "미안한데 오늘 못 갈 것 같다"는 메시지가 도착했다. 나는 P와 함께 결혼식 앨범을 보았다. 내가 단체 사진 속 나를 가리키며 "얼굴이 진짜 네모다"라고 말하자 P가 "아니야, 완전 예뻐"라고 말했다. 그런 다음 고개를 들어 나를 빤히 바라보던 P는, "지영아, 넌 얼굴도 이렇게 예쁜데…… 그분을 만나면 너도 진짜 행복이 뭔지 알게 될 텐데"라고 말했고 나는 내 얼굴이 정말 예쁜가 생각했다.

P의 집에서 나왔을 때는 비가 그쳐 있었다. 나는 광역버스를 타고 한 시간 삼십 분쯤을 달려 동네에 도착했다. 버스에 우산을 두고 내렸고, 아차 했을 때는 이미 버스가 떠난 뒤였다. 집에 도착하니 자정에 가까운 시간이었다. 배가 고파서 씻지도 않고 밥부터 차렸다. 평상시보다 좀 빠르게 밥을 먹고 있는데 송이가 옆에 와서 내가 좋아하는 채널을 틀어주었다.

〔잘 들어갔니? 나 사실 네 기도 매일 해. 또 보자.〕

P로부터 문자메시지가 왔다.

〔난 괜찮으니까 네 기도를 많이 해. 잘 자! ^^〕

메시지를 보내고 남은 밥을 마저 먹고는 송이의 가방에서 알림장을 꺼내보았다. 엄마랑 송이가 방과후 수업 신청서며 준비물들을 빠짐없이 챙겨놓아서 나는 그냥 쉬다가 잠들면 되는 것 같았다. 나는 내가 남들처럼 괴롭지 않은 이유가 어쩌면 가진 것이 아무것도 없기 때문은 아닌가 하는 생각을 할 때가 있다.

사월에 들어섰지만 날은 아직 쌀쌀했고 우리 가족은 전보다 조금 웃음이 줄었다. 다름없는 일상이었지만 그런 것 같았다. 둘째 주 주말, K에게 부탁을 해서 K의 차를 타고 다같이 언니에게 다녀왔다. 우리집엔 차가 없는데 대중교통으로 송이를 데리고 다녀오기엔 조금 힘든 여정이기 때문이다. 다녀와서는 오랜만에 K와 별 시답잖은 얘기들을 하며 술을 마시고 노래방에 가서 놀았다.

전보다 표정이 좋아진 것 같아.

아까 그 꼴을 보고도 그래.

송이는 우는데도 예뻐.

맞아. 우린 다 못생겼었어.

K와 나는 고개를 끄덕이며 웃었다.

엄마도 못생겼었어, 그치.

어. 푸하하하.

지금보다 더 나빠지지만 마.

……

싫으면 말고.

……

……

안 싫어.

언니와 K와 나는 어릴 적부터 셋이 함께 놀 때가 많았다. K는 나의 친구였지만 종종 언니같이 느껴졌고 그래서 K를 보면 언니 생각이 더 많이 나곤 했다. 그러니까…… 그날 이후 나는 K를 조금 멀리했다. 그리고 그런 나를 K는 기다려준다. 사월엔 언니가 있는 곳에 한 번, 지인의 결혼식에 두 번 다녀왔다.

케이크 가게에서 밤케이크와 유자케이크, 무화과타르트를 샀다. 작지만 비싸서 잘 안 사먹는데 예쁘고 맛있어서 가끔 선물을 하고 싶을 때 산다. 케이크 상자를 들고 익숙한 길을 걸었다. 나는 이 길이 좋다. 언젠가 다시 사람 같은 것도 좋아하게 되는 순간이 올까.

조용히 서점 문을 열고 왼발을 안으로 들여놓자 용준 선배의 뒷모습이 보였다. 키가 큰데 늘 등을 조금 구부리고 다닌다. 주중에는 파주에 있는 기숙사에서 지내는데 주말이라서 집에 온 모양이다.

퇴근했는데 왜 다시 왔냐.

이거 드리려고요.

내 것도 있는지.

네.

용준 선배의 큰 눈이 어쩐지 개구져 보여서 괜히 웃음이 조금 났다.

별일 없고?

네. 오빠도 별일 없으시고요?

있어. 한국인 최초로 에어기타 대회에 나가볼까 한다.

용준 선배는 어릴 때부터 기타를 쳐왔고 지금도 사내에서 밴드를 결성해 활동하고 있다. 취미라고는 하지만 매주 합주를 하고 종종 공연도 하고 있다.

오빠. 최초 아니세요.

으응?

흐음. 죄송해요. 이미 대회에 나간 한국인이 있어요.

정말?

네. 제가 유튜브에서 봤어요.

수상했어?

직접 보세요. 그럼 저 가볼게요.

그래, 조심히 가고 언제 맥주 한잔 하자.

네.

나는 케이크 상자를 동그란 테이블에 올려두고 서점에서 나왔다. 나는 오래전에 M과 함께 에어기타 대회 영상을 본 적이 있었다. 사람들은 대단해, 다들 즐거워 보인다. 내가 말했었고 M은 고개를 끄덕이며 너도 해봐, 했었다.

삼학년이 되니 확실히 숙제가 많아졌다. 집 앞 작은 상가에 있는 영어학원과 수학학원에 새로 들어갔기 때문이다. 일학년 때는 엄마가 송이의 학교생활을 많이 챙기고 내가 집안일을 하는 편이었는데, 송이가 학원을 다니게 된 후부터는 내가 학교나 학원생활을 봐주고 엄마가 집안일을 많이 하게 되었다. 내가 해야 할 숙제도 아닌데 송이의 숙제를 보고 있으면 기분이 썩 좋지는 않다. 송이는 앞으로 십 년이나 더 어마어마한 양의 숙제를 해야 한다.

자연인 이모, 오늘은 자연인 안 봐?

봐야지. 너 이거 다 하는 거 보고.

그럼 나 이거 다 하면 소원 하나 들어줘.

소원?

응.

뭔데?

다 하고 얘기할래.

송이는 자세를 고쳐 앉고 열심히 연필을 굴리기 시작했다. 연필이라도 좋은 걸 사주고 싶어서 교보문고에 가서 블랙윙이라는 연필을 사주었는데 원래 쓰던 연필과 차이점을 모르겠다고 한다. 어쩌면 당연하게도 송이는 블랙윙에 전혀 관심이 없었고 따라서 그걸 원하지도 않았다. 속으론 조금 부끄러웠지만 그래도 나는 자꾸만 그걸 사주면서 "어때? 계속 써보니까 다르지?"라고 묻곤 한다. 송이의 소원은 이번주 금요일 밤에 친구들 세 명을 데려와 파자마 파티를 하게 해달라는 것이었고 나는 물론 흔쾌히 허락했다.

송이와 함께 〈나는 자연인이다〉를 두 편 보았다. 열 살인데 이렇게 늦게 자도 되나 걱정을 좀 하다가 송이가 엄마 방으로 들어가는 걸 보고 나도 방으로 들어왔다. 그리고 떡볶이 레시피를 검색했다. 꽤 많은 블로그를 검색했고 요리를 즐겨 하는 K에게도 문의를 했다. K는 내게 국내 최초로 설탕을 만들기 시작한 식품회사의 매콤불고기소스를 알려주며 "이거 하나면 돼"라고 말했다. 나는 믿을 수 없었지만 K의 말은 거의 틀린 적이 없었으므로 믿기로 했다. 건조한 눈을 비비며 친구들에게 대접할 다른 음식들을 떠올렸다. 피자, 치킨, 과일, 음료수, 떡볶이였는데 다른 건 배달 주문을 하면 되고 나는 떡볶이만 만들면 되었다. 떡볶이 하나만 하면 되는데도 아이들은 보통 표정을 숨기지 않기 때문에 맛없다는 말을 들을까봐 조금 떨리기도 했다. 잘하려고 소시지나 다른 거 더 넣을 생각하지 말고 떡이랑 어묵이랑 파만 넣자. 기본에 충실하는 거야. 여러 번 다심을 하고 잠들었다. 살아가야 할 앞으로의 날들을 숙제라고 생각한 적은 있었지만 송이와 친구들을 위해 잘하지도 못하는 떡볶이를 만들어야 하는 건 숙제라는 생각이 들지 않았다.

송이와 송이의 친구들은 피자와 치킨보다 내가 만든 떡볶이를 더 많이 먹었다. 매운 것도 잘 못 먹고 떡볶이를 싫어한다던 예리라는 친구는 몇 번이나 리필을 요청해오기도 했다. 송이는 내 휴대폰으로 나를 찍는 시늉을 하며 비법을 알려달라 말했지만 나는 거절했다.

〔그 소스 정말 최고였어.〕

K에게 성공을 알리는 메시지를 보내며 출근을 했다. 오후에 준호씨가 왔을 때는 기분이 좋아 농담도 했다.

제가 여기에 떡볶이 가게를 차리면 준호씨 가게 운영에 방해가 될까요?

네?

농담이에요.

음, 만약 정말 그러실 생각이라면 동업은 어떤가요?

진짜 대답을 바라는 것도 아니면서 진지한 눈빛으로 나를 바라보며 묻는다.

준호씨라면 동업도 괜찮지요.

내가 말했더니 준호씨가 조금 놀라는 표정을 지었다.

혹시 제가 마음에 드시나요.

준호씨가 물었고 내가 아무 말도 하지 않고 있자,

저는 조지영씨가 좋거든요.

그렇게 말하곤 재빨리 서점 문을 열고 나갔다. 준호씨의 뒷모습이 사라지고 나는 M을 생각한다. M은 내가 다시 예전의 일상을 찾아가기 시작했을 때 나를 떠났다. M이 떠날까봐 정신을 차리려 노력했는데 정신을 차리고 보니 가고 없었다. 나는 가끔 그때 나를 살게 한 것이 나였는지 M이었는지 생각할 때가 있다.

네시쯤 청소를 하고 다섯시 넘어서까지 매출 정리를 하고 있는데 사장님 부부가 왔다.

내일부터 육일까지 푹 쉬고 와요.

네?

좋은 가족들하고 좋은 시간 보내면 좋겠어.

아……

사장님 부부는 내 손에 케이크 상자와 흰 봉투를 쥐여주었다.

맨날 우리만 받으니까.

순간 눈물이 날 뻔한 것을 겨우 참느라고 엑셀 창이 띄워져 있는 모니터에서 눈을 떼지 못했다. 나는 마른침을 삼키며 사월 매출을 노려보았다.

그리고 저번에 지영씨가 새 책들 들여놓는 거 어떠냐고 했었잖아? 생각이 바뀌지 않았다면, 해보면 좋겠어요.

나는 울어버렸다. 왜인지는 모르겠는데 참을 수가 없었다.

제가…… 쉬면서 목록을……

울먹거리면서 말했더니,

쉴 땐 그냥 쉬고 칠일에 출근해서 생각하는 게 좋을 것 같아.

사장님이 내 어깨를 어루만지며 말했다. 나는 그냥 막 울어버렸다.

조금 늦어서인지 송이가 집으로 갈 준비를 다 마치고 문 앞에 앉아 있었다. 나는 서명을 했고, 우리는 선생님께 인사를 하고 학교를 나왔다. 아이스크림 할인점에 들러 큰 아이스크림을 사먹으며 집으로 가는 길. 내 발걸음이 좀 빨랐는지 송이가 말했다.

이모, 지금 다 흘리잖아.

응?

아까부터 제대로 까지도 못하고 왜 그래. 무슨 일 있어?

응, 있어.

뭔데?

비밀이야.

이모 오늘 이상해.

내일을 기다린다는 것은 이런 기분이구나. 기다리는 건 늘 힘든 일인 줄만 알았는데…… 집에 돌아와서는 벽에 기대어 앉아 내가 좋아하는 작가들의 목록을 머릿속에 그려보았다. 진동 소리에 휴대폰을 보니 P에게 문자메시지가 와 있었다.

〔잘 지내지? 네가 우는 꿈을 꿨어.〕

〔내가 우는 꿈? 오늘은 특별히 더 잘 지내고 있는데.〕

〔다행이다. 깨고 나서 네 기도 많이 했거든.〕

나는 더는 답장을 보내지 않았고 내가 꿈에서도 울고 싶지 않다는 것을 알게 되었다. 나는 송이를 불러 오늘의 저녁 메뉴에 대해 상의했고 저녁을 먹고 나면 좋아하는 TV프로그램을 보면서 엿새간의 휴가를 어떻게 보낼지만 생각해야지, 했다. 아직 하지 않은 일들이고 아직 오지 않은 날들인데 생각만 해도 기분이 좋았다. 쉬고 싶었던 것이 아니라 하고 싶었던 걸까. 저녁을 먹은 뒤엔 〈나는 자연인이다〉에 채널을 고정했고, 송이의 스케치북을 한 장 찢어서

5.1~5.6

1.

이라고 써놓은 다음 한참을 바라만 보다가 잠들었다.

근로자의 날이지만 출근을 하는 엄마를 송이와 배웅하고 냉동실에서 꺼내두었던 떡을 나눠먹었다. 송이가 먹기에는 너무 커서 네 등분으로 잘라주었고 나는 반으로 잘라 먹었다. 송이는 물과 함께 떡을 정말 맛있게 먹었다.

맛있다.

맛있지?

이 안에 당근이 있다는 거야?

아니, 앙금.

어제 케이크도 맛있고 오늘 떡도 맛있다.

어제 케이크도 맛있었고, 라고 해야지.

알았으니까 더 줘. 이모가 다 먹었잖아.

알았어.

송이와 목욕탕에 다녀오는 길에는 조금 떨어져 걸었다. 사철나무를 보며 그야말로 사시사철 푸르다, 새삼 신기해하며 걷고 있는데 송이가 말했다.

이모, 참새는 왜 다 일정하게 작을까?

참새의 세계에서는 자기들만의 뭔가가 있지 않을까?

너무 귀여워.

너도 귀여워.

어떨 때는 송이에게 무한한 고마움을 느낄 때가 있다.

송이야, 사철나무는 왜 사시사철 푸를까?

사철나무니까!

우리는 집으로 바로 가지 않고 서점엘 들렀다. 내가 일하는 서점이 아니라 근처 이백 평짜리 서점이다. 송이의 책을 살 땐 이곳으로 온다. 하얗고 넓고 밝은 곳. 송이는 아동도서 코너로 갔고 나는 시와 소설 코너로 갔다.

준호씨!

내가 부르자 준호씨가 거의 주저앉을 듯이 놀라며 뒤를 돌아봤다.

아니 전 여기 오늘 처음 와봤는데요……

저도 왔잖아요.

아니 거긴 책이 많지가 않아서 말이지요.

준호씨의 말에 나는 이제 그 서점에도 새로운 책들을 들일 거란 소식을 전하려다 때가 되면 이야기해야지 생각하고 말았다. 좋아하는 작가의 사인회나 낭독회 같은 곳도 다닌다고 말하며 준호씨가 물었다.

이번주 금요일에 저랑 광화문 가실래요?

광화문이요?

네, 광화문이요. 이 작가가 낭독회를 하거든요.

한 사내의 뒷모습이 그려진 표지의 소설책을 한 권 들어 보이며 준호씨가 말했다. 아…… 내가 제일 좋아하는 작가…… 나는 고개를 끄덕였고 준호씨와 처음으로 전화번호를 교환한 뒤 각자 볼일을 봤다. 나는 송이가 고른 책 세 권과 내가 고른 『비폭력 대화』라는 책을 계산하고 지상으로 올라가는 계단을 몇 걸음 올랐다. 그리고 잠시 준호씨가 있던 쪽을 바라보았고 몸을 돌려 다시 걸음을 옮겼다. 집에 돌아왔을 땐 P로부터 안 좋은 소식이 담긴 문자 메시지가 도착해 있었다. 그리고 그 소식을 듣고도 아무렇지 않은 나를 발견했다.

준호씨와는 동화면세점 앞에서 만나기로 했다. 버스에서 옆자리에 앉아 긴 시간 가야 하는 것이 조금 부담스러웠기 때문이다. 오늘은 엄마가 송이를 데리러 가기로 해서 마음 편히 외출을 할 수 있었다. 버스는 당산역과 여의도를 지나 광화문에 도착했고 약속 시간 십 분 전에 준호씨가 왔다. 우리는 광화문 같지 않은 골목을 여러 개 지나 호젓한 북카페에 도착했다. 준호씨를 따라 중앙에 자리를 잡았고 낭독회는 즐거웠다. 중앙에 앉는 것은 원래 좋아하지 않는데 그러길 잘했다는 생각까지 하면서. 마지막에 책에 사인을 받으려고 줄을 섰을 때 준호씨가 말했다.

너무 좋아하시는 것 같은데요.

아니에요.

팬이라고 한말씀하세요.

뭐하러요.

내 차례가 왔고, 나는 작가와 눈을 마주쳤다.

성함이 어떻게 되세요?

저 조지영이구요, 정말 완전 팬이에요. 정말 좋아해요.

아하하하. 아이구 정말 완전 감사합니다. 정말 감사해요.

작가가 호탕하게 웃으며 책에 내 이름과 자신의 이름을 적을 때, 뒤에 서 있던 준호씨의 따가운 눈빛을 느꼈다. 우리는 거리로 나와 어둡고도 밝은 광화문 거리를 걸었다. 가까운 맥줏집이 있으면 들어가기로 해놓고 삼십 분째 걷기만 했다. 걸어야만 하는, 그런 공간과 날씨였고 정말 배도 고프지 않았다.

지영씨 아까……

좋으면 좋다고 말하는 게 좋은 거였네요.

그쵸?

네. 속이 시원해요.

저도 좋네요. 좋은데 맥주는 다음에 마실까요? 시간이 너무 늦었네요.

좋아요.

우리는 어쩔 수 없이 같은 버스를 타고 옆자리에 앉은 채 한 시간 사십 분을 달려 동네에 도착했다. 좋아하는 책에 대한 이야기와 재미있는 고등학생 손님들에 대한 이야기를 하느라 어딜 지나치고 있는지 어딜 지나쳐왔는지도, 나중에 내릴 때가 되어서야 알았다. 가벼운 얘기들이었지만 준호씨의 목소리로 들으면 가볍지 않은 얘기들이 된다.

〔가장 좋아하는 책=두고 내리신 책〕

〔그 책 제가 챙겼습니다. 걱정하지 마세요.〕

준호씨에게 두 개의 문자메시지가 왔다.

지난날들이 다시 오지 않는다는 것에 가슴을 쓸어내리는 밤. 그 날들은 지나갔고 다른 날들이 온다는 것을 잘 알고 있다. 나는 모든 것은 지나간다는 사실에 잠시 안도했던 적이 있었으나 어쩌면 그 사실이 싫었던 건지도 모르겠다. 나는 언제든 마지막이 될 수 있는 모든 날들을 비슷하게 만들며 살고 싶었다. 나 혼자 그런다고 되는 게 아닌 걸 알면서도.

나는 송이가 학교에 가면 광역버스를 타고 작은 동네서점을 둘러보고 돌아와 입고할 책의 목록을 만들어보다가 잠들었고 출근하기 전날 밤엔 산책을 나갔다가 불 꺼진 서점 앞에 서서 오래 그 안을 들여다보았다. 깜깜해서 아무것도 보이지 않는 유리창에 비친 나를 나는 오래 바라보았다.

퇴근을 하고 사장님 부부와 이야기를 나누고 싶었지만 송이와 어버이날 파티 준비를 해야 해서 뒤로 미룰 수밖에 없었다. 어린이날에 큰 감동을 받았으니 할머니에게 그만큼, 아니 더 많이 해주고 싶다는 것이었다.

송이와 나는 마트로 갔다. 송이는 엄마가 좋아하는 막걸리를 세 병 사며 "할머니는 원래 두 병씩 먹는데 어버이날이니깐 세 병 먹게 해줄래"라고 말했다. 그리고 내게 떡볶이 조리법을 물었다.

다른 걸 해. 너 라면 잘 끓이잖아.

이모, 난 그걸 하고 싶어.

넌 못해.

할 수 있어!

쉬운 게 아니라구.

너무 맛있었단 말이야!

……산 거야.

응?

산 거라고.

뭐라고?

이 소스라구!

나는 매콤불고기소스 통을 꺼내 송이의 눈앞에 가져다주었다. 우리는 불고기소스와 오이, 막걸리 다섯 병(내 몫으로 두 병), 그리고 아침햇살(송이의 가짜 술)을 사서 집으로 돌아왔다. 오는 길엔 꽃집에 들러 장미꽃도 샀다. 엄마 것도 사야 한다면서 송이는 모은 돈을 꺼내 카네이션 한 송이를 샀다. 나는 잠시 후 우리 모두가 울게 될 거라는 걸 알았다.

열 살인 송이는 가게를 차려도 될 만큼 맛있는 떡볶이를 만들어 냈다. 나는 달걀옷을 입혀 두부를 부치고 개운한 콩나물국을 끓였다. 그리고 오이를 다듬어 기다랗게 썬 나음 쌈장과 함께 상에 올렸다. 송이가 언니의 사진을 장식장에서 꺼낼 때 엄마가 현관문을 열고 들어왔다.

할머니다!

엄마는 맛있는 냄새가 난다고 말하며 손을 씻었다. 우리는 모두 동그랗고 오래된 상에 둘러앉았다. 송이는 앉았다가 냉큼 일어나 레나를 데려왔고 언니도 엄마 옆에 앉아 우리를 바라보았다. 잔이 채워지고 우리는 건배를 했다. 나는 엄마에게 장미꽃과 약간의 용돈이 들어 있는 흰 봉투와 속옷 선물을 주었다.

안에 편지도 있어.

내가 말하자 엄마가 웃었다.

사이즈는?

엄마가 물었고

제일 큰 걸로 샀어.

내가 말했다. 송이는 언니에게 빨갛고 싱싱한 카네이션을 주었다.

엄마, 나도 편지 썼어.

송이가 말했고 언니가 웃었다.

할머니, 나 이학기 때는 회장 될 거야.

송이의 말에 엄마는 "그래! 이모는 그런 거 한 번도 못해봤는데 우리 송이가 좀 해줘라!"라고 말해서 나의 빈축을 샀다. "너는 회장이 돼. 이모는 자연인이 될 테니까!" 내가 말했고 "언니는?" 하고 내가 묻자마자 엄마와 나는 길게 썬 오이를 손에 쥔 채 얼굴을 일그러뜨리며 울었는데 송이는 우는 모습도 예뻤다. 눈코입이 예쁘다기보다는 그냥…… 송이는 그냥 예뻤다. 언니는 송이가 얼마나 보고 싶을까? 나는 언니가 미치도록 보고 싶었고 울고 싶은 만큼 울었다.

미안해. 이모만 엄마가 있어서.

괜찮아. 할머니도 엄마 없잖아.

그래. 우린 다 아빠도 없고.

그러고 보면 송이야, 할머니는 너만 있다.

난 조카가 없잖아. 지금만 없는 게 아니라 평생 있을 수가 없어.

넌 니가 있잖아.

말이야 방구야.

엄마가 말했고 우린 짧게 웃고 나서 한동안 아무 말도 하지 않았다.

송이야, 너 개명할래?

엄마가 묻자

이름은 괜찮고 성을 바꾸고 싶어.

송이가 대답했다.

이모하고 똑같은 소리 하네. 뭘로 바꾸고 싶은데?

조씨로.

조송이?

응.

왜?

이모가 좋으니까.

그래도 조송이는 왠지 좀 이상한데.

엄마, 혹시 서운해?

내가 묻자 엄마가 크게 웃었다.

나는 매일 아침 서점으로 가는 길이 너무 좋다. 예전엔 봄이 참 싫었는데 변하기도 하네, 그런 생각을 하며 사철나무라든지 참새를 바라보며 걷는다. 큰 참새는 정말 없나? 그런 생각도 했다. 서점에 도착해 문을 열고 전등 스위치를 올렸다. 오늘부터는 서점을 정리해야 한다. 새로 들어올 책들을 어디에 놓으면 좋을까, 그런 것도 생각해야 하고.

조지영씨, 눈이 많이 부으셨네요.

점심을 주문하러 준호씨의 파스타집엘 갔더니 준호씨가 대뜸 말했다.

그쵸. 저 봉골레 주세요.

전화 주시지. 바로 달려갔을 텐데.

내가 건넨 카드를 손에 들고 준호씨가 말했다.

몇 분 후에 오면 돼요?

봉골레 금방 돼요. 기다리실래요?

나는 시원한 물을 따라 마시며 준호씨의 작은 가게를 둘러보았다. 가게 안의 냉장고에는 세계 여러 도시의 이름이 새겨진 자석이 많이 붙어 있었다. 여행을 좋아하시나봐요, 물었지만 준호씨는 봉골레 파스타를 만드느라고 대답이 없었다. "오늘은 무료예요"라고, 준호씨가 파스타와 카드를 건네며 말했다. 나는 어쩐지 고맙다는 말도 제대로 못하고 가게를 나와 서점으로 돌아왔다. 봉골레 파스타로 해장을 한 뒤엔 마스크를 쓰고 작은 서점의 책장을 하나씩 정리했다.

〔지영아, 난 이제 괜찮아. 이런 고난도 지나고 보면 다 그럴 만한 이유가 있는 거거든.〕

P의 메시지를 받았고 나는 다행이라고 생각했다. 그리고 잠시 머뭇거리다가 메시지를 보냈다.

〔아까 잘 먹었어요.〕

〔아닙니다.〕

〔여행 좋아하시나봐요.〕

〔네. 여행 좋아하세요?〕

〔안 좋아하는데, 거기 붙어 있던 것들은 전부 예쁘더라고요.〕

〔아, 마그넷이요. 하나씩 꼭 사오곤 해요.〕

〔저도 앞으로 여행을 가면 꼭 하나씩 사오려고요.〕

〔마그넷을요.〕

〔네. 마그넷을요.〕

〔혹시 지금 맥주 한잔 어떠세요?〕

준호씨가 물었고 나는 어제도 마셨지만 좋다고 대답한 뒤 내 팔을 베고 있던 송이의 머리를 조심스럽게 베개로 옮겨주었다. 송이는 레나를 안고 긴 속눈썹을 내려놓은 채 자고 있다. 송이는 오늘 어떤 하루를 보냈을까. 거실에서 엄마의 코 고는 소리가 작게 들려온다. 나는 아직 끄지 않은 거실 불빛이 스며들어오는 어두운 방안에 서서 한참 동안 송이를 바라보았다.

넌 쉽게 말했지만

이곳의 낮은 짧고 이곳의 밤은 길다. 나는 낮에는 보통 집안일을 하고 해가 지면 책을 읽거나 집 근처를 걷는다. 딱히 해야 할 일은 없지만 만들면 할일은 많고 특히 낮시간은 빨리 지나가는 것처럼 느껴진다. 만들고 치우고 만들고 치우다보면 아무 생각이 없어진다.

자몽청을 만들어보기로 한다. 자몽 손질은 처음 해봤는데 그래서 잘 되지 않았다. 자몽의 과육만 발라내려고 했는데 자몽 알갱이가 한 알, 한 알 떨어져나오더니 두 손이 알갱이로 범벅이 되었다. 즙이 줄줄 흘러 이미 자몽차 두 잔을 완성한 기분이었다. 차를 만들긴 만들었고 손에는 자몽 팩을 했다 생각했고, 그러니까 망쳤다는 생각 같은 건 하지 않았다.

자몽청을 다 만들어놓고서(다시는 하지 말아야지 다짐하고서) 흐미를 한 시간 정도 들었다. 바람이 부는 휘파람 소리, 광활한 대지의 노래. 후미인지 흐미인지 모르겠지만 나는 그냥 흐미라고 한다. 처음 라디오에서 흐미를 들었을 때가 생각난다. 그 이후로 계속 찾아 듣고 있는데 흐미를 들을 때의 나는, 같이 듣는 사람이 진지하면 같이 진지했고 웃음이 터지면 같이 웃곤 했다. 다큐를 검색해서 그들의 삶의 모습을 보며 들을 때는 우는 사람은 있어도 웃는 사람은 없다. 나는 몽골에 가본 적은 없지만 몽골에서 흐미를 배워본 사람을 둘이나 알고 있다.

이곳에 온 다음날, 나는 올해의 첫 매미 울음소리를 들었다. 그렇게 유월이 갔고 칠월이 가고 있다. 하루하루가 가고 있다는 것, 시간이 흐르고 있다는 것을 아주 잘 느끼고 있다. 시간이 흐른다는 것을 의식하면서 숨을 쉬는 일은 재미있고 행복하다. 서울에 살 때의 나는 시간이 가는 것이 두려웠고 이런 말을 꽤 자주 했다.

미안해. 시간이 없어.

무엇이 미안하다는 것인지, 또 그 말은 진심이었는지 생각해본다. 나는 그때의 내가 화가 나 있었다고 생각한다. 내 시간만 없는 것도 아니었을 텐데.

백십일 년 만의 폭염이라고 한다. 3단지 앞 버스정류장에서 붕어빵과 옥수수를 파는 아주머니는 오늘 같은 날에도 나왔을까? 이런 것을 궁금해하며 지낸다. 예전에는 다른 많은 것을 궁금해하며 지냈다. 보통 누군가에 대한 불만에서 시작해 그 사람은 대체 왜 그럴까 궁금해하는 것. 조금 더 친밀한 관계와 서로 간의 이해를 쌓기 위한 궁금증이 아니라. 그저 욕의 다른 얼굴일 뿐이었다. 내가 요즘 이렇구나, 나만 옳다고 생각하는구나, 자각을 한 뒤에 서울을 떠나야겠다고 다짐했다. 돈을 많이 버는 것은 아니었으나 나름대로 자리를 잡아가던 일을 정리하기까지…… 미련을 버리기가 힘들어 오래 걸렸다.

고향으로 돌아온 지 두 달이 넘었는데 아직 W를 만나지는 못했다. 그는 나의 오래된 친구인데 봄에 결혼을 하고 신혼여행을 길게 다녀온 뒤 미뤄둔 일을 하느라 시간이 없다고 했다. 그는 이곳으로 돌아왔다는 내 말에 "넌 참 하고 싶은 대로 하고 사네"라고 말했고 나는 그게…… 꼭 그렇지만은 않다고 해명하고 싶었지만 그러지 않았다. 그만두자, 그렇게 생각했다. 나를 다 알지 못하면 충분히 할 수 있는 말이니까. 나는 우리가 꼭 만나야 한다고 생각하지는 않았지만 "얼른 시간을 맞춰보자"고 여러 번 말했다. 그는 지금 경찰이 되어 엄마와 내가 살고 있는 동네의 파출소에서 일하고 있다.

그러니까 그때가 언제였더라, 어느 휴일에 다시보기로 텔레비전을 보는데 W가 나왔다. 나는 정말 그가 맞는지 확인하기 위해 집중해서 텔레비전을 보았다. 노량진과 여의도 등 몇 군데 지하철역 근처에 천막을 치고 연예인이 한 명씩 앉아 사람들을 기다리다가 들어온 사람들과 대화를 나눈 뒤, 탁자에 놓인 종이에 나쁜 기억을 쓴 다음 지우개로 지우는 콘셉트의 방송이었다. W는 후줄근한 차림새로 등장해 미래에 대한 불안감을, 마치 죄를 지은 사람처럼 몹시 주눅든 모습으로 말하다가 끝내 눈물을 터뜨렸고 연예인은 그런 그에게 "나도 젊었을 적에 매일매일 불안했"다고 말했다. W는 연필을 들어 지우고 싶은 나쁜 기억들을 차례로 적어나갔고, 그런 다음엔 연예인이 준 지우개로 그것들을 하나씩 지워나갔다. 나는 우리가 함께 보낸 어린 시절을 떠올리며 나쁜 기억 말고 아름다웠던 기억을 찾으려 그날 오후 내내 생각했고, 마침내 자율학습 시간에 몰래 나가 배스킨라빈스 아이스크림을 먹었던 것, 그 정도를 나는…… 겨우 기억해낼 수 있었다.

아직 이곳에 서너 명 정도의 오랜 친구들이 산다. C는 타지역에서 일을 하다가 적어진 급여를 감수하고서 몇 년 전 이곳으로 돌아왔고, W는 노량진에서 오래 공부를 하다가 경찰이 되어 돌아왔다. 그리고 K는 고등학교를 졸업한 뒤 가족 모두 부천으로 이사를 갔다가 작년에 엄마와 함께 돌아왔다. K의 할아버지와 할머니가 모두 병원에 계시게 되어 누군가는 꼭 돌봐드려야 했기 때문이다.

올해 이월쯤에 나는 K의 집에 갔었다. 할아버지와 할머니는 없는 할아버지와 할머니의 집. 아무래도 상황이 좀 그래서 집들이 같은 느낌으로 간 것은 아니었고 그냥 생활에 필요한 몇 가지를 사갔다. 손 세정제와 물티슈 같은 것들이었다. 작년 가을에 이케아에서 산 가구를 함께 조립하려고 간 이후로는 처음이었다. 당시의 나는 토요일 아침 아홉시까지 출근을 해야 했지만 새벽 다섯시까지 가구를 조립했다. 아무튼 우리는 떡볶이를 안주로 낮술을 조금 했고, 뒤늦게 도착한 M과 함께 K의 집 근처에 있는 장릉으로 산책을 하러 갔다. 추웠지만 낮이어서 괜찮았다는 기억이 난다. 우리가 산책을 간 곳은 원종과 인헌왕후의 무덤이었다. 급할 것도 없는데 급하게 나오느라 모두 현금이 없었는데 입장료 결제를 카드로 할 수 있을까, 가는 내내 그 이야기만 했다. 그리 큰 걱정은 아니어서 다시 돌아가진 않았다. 안내소를 기웃거리는데 직원이 얼굴을 내밀고 "오늘은 무료"라고 말했다. 우리는 왜 무료인지 궁금해하면서 가벼운 발걸음으로 입장했다.

운이 정말 좋았다.

운이 정말 좋았다고 우리는 여러 번 이야기했다. 입장료는 천원이었지만 뭐랄까, 그즈음의 우리에겐 천원짜리 입장료를 내지 않아도 되는 일보다 운이 좋았던 일이 없었던 것이다. K는 정말이지

크게 숨을 들이마시고 내쉬며 오랜만에 조금 숨통이 트인다고 말했다. 아닌 게 아니라 K는 아픈 할아버지와 아픈 할머니와, 일을 하며 양쪽 병원을 다니는 엄마를 보는 일상에 조금 지친 기색이었다. 담담하게 이런저런 이야기를 하다 울컥 목이 메기도 했지만 금세 공기가 시원하다며 좋아했다. 우리는 역사관이라고는 전혀 없는 채로, 오래전 살았던 두 사람의 무덤가를 걸었다. 그리고 얼마 되지 않아 K의 할아버지가 돌아가셨다.

M과 나는 피자를 먹다가 장례식장으로 출발했다. 장례식장에 도착했을 때 K는 보이지 않았다. 가족 모두 할아버지를 위한 미사를 드리는 중이고 K가 곧 올 거라는 말을 전해들었다. M과 내가 자리에 앉아 식사를 하려고 할 무렵 K가 가족들과 함께 울면서 들어왔다. 모두가 울고 있었고 그 모습을 식사를 하던 많은 사람이 바라보았다. 저것 봐, 저 집안이 다 저렇게 키가 커. 내 뒤에 앉아 있던 한 아주머니가 말했다. 나는 오래 살아야겠다고 생각했다. K는 곧 나를 발견했고 곧장 내 옆으로 와 오래 울었다. 우리는 밥을 먹으며 술을 조금 마셨다. 나는 K의 할아버지를 잘 알지는 못했다. 고교 시절, K는 할아버지와 할머니의 집에 살았고, 그래서 집에 놀러갈 때마다 본 적은 많았지만, 모르겠다. 인사도 하는 둥 마는 둥 하고 곧장 이층으로 올라가기 바빴다. M과 나는 할아버지를 둘러싼 많은 이야기 중에서 할아버지의 '착함'에 중점을 둔 여러 에피

소드를 들었다. K도 부천으로 간 뒤 오래 떨어져 살았기 때문에 많은 것을 기억하진 못했지만 엄마나 친척들로부터 전해들은 이야기를 더해 우리에게 들려주었다. 좀 따뜻한 이야기였다. 내게는 할아버지도, 할아버지 비슷한 것도 없지만 나는 어쩐지 어떤 한 사람이 살아 있다가 죽었다는 것이…… 어떤 한 사람이 살아 있다가 죽었다는 것을…… 비로소 느낄 수 있었다. 어떻게 들릴지 모르겠지만 그제야 처음으로 죽음이라는 것을 느꼈던 것이다. 그간의 많은 죽음들을 나는 도저히 믿을 수가 없었다. 스스로도 믿을 수 없고 믿어지지도 않던 날들.

할아버지가 돌아가신 것을 할머니는 모르신다고 K는 말했다.

흐미가 흘러나오는 영상을 끄고 붕어빵을 파는 아주머니를 생각한다. 오늘 나오셨을까, 붕어빵을 사올까, 옥수수를 사올까. 엄마는 옥수수를 참 좋아하는데. 그냥 둘 다 살까, 고민하고 생각한다. 얼굴을 씻고 밖으로 나가면서 요즘의 내가 이런 생각들을 열심히 한다는 것을 알았고 기분이 좋았다. 나는 죽어도 알 수 없는 타인의 마음 같은 것을 신경쓰면서 초조해하지 않고 내가 결정하면 되는 것들을 생각하는 것. 그것이 죽느냐 사느냐는 아니고 붕어빵이냐 옥수수냐 하는 것이지만.

엄마와 나는 214동에 살고 있고 가끔 실수할 때를 제외하곤 우리집이라고 말하지 않고 엄마 집이라고 말한다. 214동의 현관은 두 군데다. 엘리베이터에서 내려 오른쪽으로 틀면 두 군데 출입구가 나온다. 그중에서 한 군데는 바로 주차장과 연결되고 다른 한 군데에는 작은 공간이지만 나무 그늘 아래로 벤치가 몇 개 있다. 거기에서 나는 술을 마시거나 담배를 피우는 청소년들을 종종 마주친다. 이쪽으로 나가 내 걸음으로 칠팔 분쯤 걸어가면 3단지 앞 버스정류장이 나온다. 부채를 부치며 걸어갔는데 아주머니의 천막은 튼튼한 줄로 꽁꽁 싸매진 채다. 그걸 보니 다행이란 생각이 들었다. 엄마도 이 더위에 힘들게 일하고 있을 텐데 엄마 걱정은 안 하고 아주머니 걱정을 하는 나. 엄마는 야외에서 일하는 것은 아니지만 일을 할 땐 고무로 된 장갑과 앞치마와 장화를 착용해야 해서 다른 계절에도 늘 온몸이 땀에 절어 들어오곤 한다.

엄마는 여섯시면 출근을 한다. 원래는 아홉시까지지만 일찍 나가서 일을 미리 해놓아야 마음이 편한데, 아홉시부터 일을 시작하면 아무리 최선을 다해도 시간이 부족하다는 것이다. 아무튼 그런다고 돈을 더 주는 것은 아니기 때문에 엄마가 일찍 오는 것이 부담스럽다고, 여사님은 말했다고 한다.

영양사라든지 조리장이라든지 그렇게 부르는 게 아냐?

그냥 여사님이라고 해.

가장 상관이 누군데?

그런 건 본 적 없고 그냥 박지성 닮은 형사랑 여사님만 봐.

엄마 외에 다른 직원은 한국 남성과 결혼한 베트남 여성인데 한국말도 잘하고 아주 성실하다고 한다. 나는 엄마랑 같이 거기에서 일하고 싶다는 생각을 자주 한다. 나는 자신이 있었다. 쌀을 씻어 밥을 하고 김치를 썰고 설거지를 하고 바닥을 청소하는 것. 유치장에 들어갈 도시락에 반찬을 많이 담으면 안 좋은 소리를 듣기 때문에 조금씩만 담도록 주의하는 것. 늘 넉넉히 담는 것이 습관이 되어 있는 엄마는 그 부분이 조금 어렵다고 한다. 나는 새벽마다 출근하는 엄마를 배웅하고 다시 조금 더 자곤 한다.

붕어빵도 옥수수도 사지 못하고 돌아오는 길에 보니 현관 앞 벤치에 지유와 지우가 있다. 얘들은 여기 와서 알게 된 초등학생들인데 옆에서 고등학생들이 술을 마시건 담배를 피우건 개의치 않고 자기들끼리 잘 논다.

방학했지?

어제요.

내가 말을 걸자 뒤를 돌아 나를 보며 대답한다. 둘 다 옷에 뭘 잔뜩 묻힌 채, 액괴인지 슬라임인지(흐미인지 후미인지 모르겠는 것처럼) 하는 것을 주물럭거리고 있다.

그거 안 지겨워?

이번엔 다른 방법으로 만든 거예요.

안 더워?

더워요.

근데 왜 밖에서 놀아?

내 말에 둘은 대답이 없었고 다시 등을 돌려서 가지고 놀던 것을 조몰락조몰락한다. 근데 왜 밖에서 노냐니? 덥지만 밖에서 놀고 싶으니까 놀겠지. 나는 바보 같은 말을 했다고 생각했고 그애들의 침묵이 마음에 들었다. 잠시 그 옆에 앉아 작은 두 손들을 바라보았다. 흙이 없어서 저러나? 생각했고 지유와 지우는 꽤나 열심히 슬라임을 주물렀다.

야, 너 김체리 알지(채리인지 체리인지는 역시 모르겠다).

응.

걔 꿈이 초능력자래.

말도 안 돼.

땀을 흘리며, 둘은 체리의 근황에 대한 이야기를 이어나갔다. 나는 체리가 부러웠다.

사탕 갖다줄까?

아니요.

왜?

당뇨병 걸려요. 우리 아빠가 당뇨거든요?

그럼 마이쮸는?

마이쮸 주세요!

사탕은 안 되고 마이쮸는 돼?

둘은 대답이 없었고 나는 집으로 올라가 마이쮸를 가지고 내려왔다. 하나를 까먹었고, 나머지는 지유와 지우에게 준 다음 나는 다시 올라왔다.

엄마가 올 시간이 다 되어간다. 콩나물김칫국을 끓이기로 한다. 음식 솜씨가 별로 없어서 천천히, 열심히 해야 한다. 엄마는 처음에 내가 "엄마, 나 여기로 들어와도 돼?"라고 물었을 때 아무런 대답을 하지 않았고 나는 예상치 못한 엄마의 반응에 상처를 받은 뒤 새벽 세시에 택시를 타고 서울로 돌아와 오래 울었었다. 잊을 수는 없지만 원망하지는 않는다.

내일 영화 볼까?

M이다. 나는 응, 이라고 답장을 보낸다. 내가 버스를 타고 갈게. 데리러 오지 않아도 돼. 아니야, 데리러 갈게. 아냐, 미안하게 왜 그래. 내가 갈게. 광역버스 타면 금방 가. 에이, 너무 덥잖아. 음…… 그러면 내가 60-3번을 타면 영화관에서 만나면 좋겠고 8000번을 타면 송정역까지 와주면 좋겠고 21번을 타면 개화역까

지 와주면 좋겠어. 먼저 오는 것을 타고 연락할게. 그렇게 해줄래?
응, 알겠어.

쓸데없는 말들…… 모든 것이 더 조심스러워지고 있다. 영화를 보기로 했으면 영화를 보면 되지, 어떻게 가는지가 이렇게나 중요한 문제인가 모르겠다. 데리러 온다고 했을 때 그냥 그러라고 할 순 없었던 걸까. 나는 어딘가 조금씩 달라지고 있는 나의 태도로 인해 일상의 대화가 불편하다는 느낌을 받았고 그것을 완전히 자각한 뒤부터 자주 괴로웠다. 그러나 결국엔 지금의 나 자신을 받아들여야 한다는 것을 알게 되었는데 당연한 말이었지만 쉽지는 않았다. 내가 왜 이렇게 되었는지부터 알고 싶었기 때문이다. 그러나 결국 나는 나이기 때문에 나 자신을 아무 이유 없이 받아들일 것이고 그런 다짐을 하게 된 것에는 M의 영향이 컸다. 나도 모르게 M을 괴롭히다가,

착하게 사는…… 그런 어떤 수행을 하는 중이야?
아니?
내가 싫지 않아?
왜 싫어?
달라진 거 모르겠어?
그게 왜?

이런 대화를 하게 되었다. 계속 서로 묻기만 하는…… M은 내가 자신을 의심스러운 포즈로 바라보거나 비관적인 말을 해도 늘 한결같은 시선으로 나를 바라봐준다. 한동안 우리 사이에는 대화가 없었다. 지난가을부터 올봄까지 나는 정말 자주 울었는데 M에게 바라는 것이 있는 것은 아니었다. 나는 단지 모든 것을 멈추고 싶었고, 그러나 그후의 삶이 두려워 자주 울었다. 그런 나의 매일에 대한 말들은 할 수 없다기보다는 하면 안 되는 것에 가까웠다. 언젠가 결국엔 '그만하라'는 말을 들을 것 같아서였다. 그즈음엔 내가 몇 년 전, 오래 알고 지낸 후배에게 들은 "누나, 그렇게 살지 마세요"라는 말을 자주 복기했다. 쉽게 뱉은 말이었을까, 어렵게 꺼낸 말이었을까, 비아냥댄 걸까, 내게 상처를 받았던 걸까. 그러니까 나는 무엇인가? 나는 내가 거의 모든 것을 멈추고 싶었다거나 이곳으로 돌아올 수밖에 없었던 이유가 그 말 때문이라고는 생각하지 않지만, 얼마 전 그 후배를 한번 만나고 싶다는 생각을 한 적이 있다.

콩나물김칫국은 엄마에게 합격점을 받았다. 나는 엄마와 함께 저녁식사를 하고 작은방으로 갔다. 긴 밤이 시작된다. 휴대폰으로 이런저런 뉴스를 보고 챙겨 듣는 팟캐스트를 듣고 낙서 같은 그림도 그려보고 베란다 너머 맞은편 동의 불빛들이 하나둘 꺼져가는 것을 보고 옛날 생각도 조금 한다. 이제 릴케니 니체니 하는 것들은 읽지 않는다. 이어폰을 끼고 흐미에 대한 다큐멘터리를 찾아본다. 제 몫의 움직임에서 나오는 몸의 소리, 자유로운 새들의 지저귐, 멀리서 들리는 염소 울음소리, 동물의 젖을 짜는 소리, 아직 변성기가 오지 않은 남자아이의 휘파람 소리, 그리고 공기 소리, 그러니까…… 침묵이 아닌 공기의 소리를 오래 듣는다. 날이 밝아왔고 이어폰을 빼자 엄마의 코 고는 소리가 들려온다. 나는 엄마가 나를 불안해할 거라고 생각한다.

엄마, 나 나가.

응, 잘 놀고 와.

개화역에서 내렸고 M이 기다리고 있었다. 영화는 놀랍도록 재미가 없었고 M은 어땠는지 몰라도 나는 오랜만에 M을 만난 것이 좋았다. 영화를 본 뒤에는 같이 초밥을 먹었고 나는 M에게 버스 정류장까지 데려다달라고 말했다. 신호를 받아 멈춰 있을 때 마침 배차 간격이 이십 분인 버스가 조금 앞서 있는 것을 발견했다. 나는 M에게 "난 저 버스를 타야 해. 가능하다면 앞질러줘"라고 부탁했다. M의 차는 가까스로 버스를 앞질렀고 나는 얼른 내려 뒤이어 멈춰 선 버스에 올라탔다.

버스를 잘못 탔다는 것을 깨달은 건 엄마 집에 거의 다 와갈 무렵이었다. 내려서 갈아타면 금방이기 때문에 초행길이었지만 별

일은 아니었다. 집에 갈 때 버스 안에서만 지나치던 동네였다. 나는 높이 솟은 건물들과 도무지 끝날 것 같지 않은 공사 현장을 지났다. 초대형 이단 교회와 경전철이 들어설 예정이라고 했다. 그리고 정말 오랜만에, 영농자재백화점 앞에서 석기를 보았다. 선글라스를 쓰고 있었지만 나는 단번에 그를 알아보았다. 그리고 눈이 마주쳤다는 느낌이 들자마자 석기가 나를 보며 소리쳤다.

야!

어.

오랜만이다?

어.

씨팔, 어밖에 모르냐?

……

어디 가?

집에.

그래, 더운데 조심히 가라.

……

소문에 따르면 석기가 미쳤다고 했는데, 모르겠다. 완전히 미친 건 아닌 건가. 더 생각하지 않으려다가 W에게 문자메시지를 보냈다.

나 사거리에서 석기 봤어.

석기 형을 봤다고?

응, 정신병원에 있다 하지 않았어?

퇴원해서 요즘 돌아다닌다고 들었어. 별일 없었지?

응.

다행이다. 빨리 들어가. 무슨 일 있으면 연락하고.

나는 서둘러 버스를 갈아탔다. 버스를 타기 전엔 아직 석기가 나를 보고 있는 것은 아닌지 확인했다. 다행히 금방 버스가 왔다. 옛날 생각에 빠져 있다가 겨우 내린 뒤에 집을 향해 걷고 있는데 H마트에서 붕어빵 아주머니가 나왔다. 나와 아주머니는 몇 걸음 간격을 두고 같이 걸었다. 아주머니는 214동 쪽으로 앞서 걸었고 현관 앞 벤치에서 청소년들에게 술과 담배를 주었다. 갈색 머리에 교복을 입은 학생 하나가 아주머니에게 천원짜리 몇 장을 주는 것을 보았다. 나는 못 본 척, 그 옆을 지나 집으로 들어왔다. 그새 온몸이 땀에 젖어 있었다. 샤워를 하고 작은방에 누워 이어폰을 꽂고 호미를 틀었다. 작은방엔 딱 나 하나 누울 공간이 있다.

조금 자고 일어나 일기를 몇 줄 쓰다가 서울에 살 때를 떠올려본다. 아침에 일어나서 출근 준비를 하고 일을 한 뒤 돌아와 씻고 밥을 먹고 나면 하루가 지나 있었고 말하자면 일기에 쓸 일도 일기에 쓸 말도 일기를 쓸 필요도 없었다. 기껏해야 남의 욕이라든가 나 자신이 싫다는 그런 말들이나 썼다. 정말 싫다, 정말정말 싫다, 그렇게 생각한 다음부턴 막무가내로 싫어하기만 했다. 일과 하루와 다른 방법을 모르는 나를. 나는 다 싫다는 생각 말고 다른 생각은 할 수 없었다. 그리고 지금은 그렇지 않아서 너무 다행이라는 생각이 든다.

아침에 휴대폰을 보니 W로부터 다음주쯤에 K와 함께 만나자는 메시지가 와 있었다. 엄마를 배웅하고 라면을 하나 끓여먹은 뒤에 세탁조 청소를 해보기로 한다. 세탁조 클리너를 사둔 지는 벌써 몇 달 되었는데, 이런저런 이유로 개봉하지 않고 있었다. 내가 빨래에 공을 들이고 있다는 것을 알게 된 건 엄마와 따로 살기 시작하면서부터였다. 엄마와 함께 살 때 빨래는 거의 엄마가 했고 모든 옷을 한꺼번에 빨았지만 그것에 대해 나는 별생각이 없었다. 그러나 독립을 한 뒤로 나는 밝은색 겉옷, 어두운색 겉옷, 밝은색 잠옷, 어두운색 잠옷, 수건, 속옷, 양말을 모두 구분해서 빨았다. 잠옷의 색 구분이라도 포기해버릴 것을, 너무 많은 구분에 갇혀 정말 힘들었다. 매일 빨래를 할 수밖에 없었던 것이다. 오래 망설이다가 세탁조 클리너를 구입한 순간, 나는 이제 그만 멈출 때가 왔다고 생각했다. 방은 개판인데 세탁에만 공을 들이는 나의 뇌 구조를 바꿔야 할 것만 같다고 늘 생각해왔는데 세탁조 클리너를 보며 웃음 짓는 나를 보고는 이대로 가다가는, 정말 이대로 가다가는 안 될 것 같다는 생각이 아주 강렬하게 든 것이다. 이미 일주일이면 일주일, 한 달이면 한 달 내내 빨래를 하는데 한 달에 한 번씩 추가로 세탁조까지 청소하고 있을 나의 모습…… 그런 나의 미래…… 나는 구입한 세탁조 클리너를 개봉하지 않았고 그것은 내 조촐한 이삿짐에 담겨 이곳으로 왔다.

이삿짐을 싸던 날 역시 나는 많이 울었는데 그간의 눈물과는 좀 다른 느낌이었다. 아, 이제 살았다, 뭐 그런 생각도 조금 들었던 것 같다. 옷가게에 걸려 있다면 아무도 사지 않을 것만 같은 나의 옷들을 정리하며 세 개나 되는 옷장이 그제야 의아하게 느껴졌었다. 그 모든 옷장들을 산 것은 다름 아닌 나인데.

세탁조 청소를 하려면 클리너를 부은 뒤 불림 코스를 설정해야 했는데 이것저것 눌러봐도 불림 코스를 설정할 줄 몰라 애를 먹었다. 그러다가 서비스센터에 전화를 걸어 안내를 받은 뒤에야 세탁조 청소를 시작했다. 무슨 말인지 잘 알아듣지 못했지만 나도 모르게 네네, 거리다보니 전화를 끊은 뒤였다. 온수로도 하지 못했고 불림 코스로 설정하지도 못했지만 일단 하긴 했다고…… 생각했다. 한 것도, 안 한 것도 아니라는 생각이 들었지만, 안 한 것은 아니니까.

나는 안경을 벗고 렌즈를 껴야겠다고 생각했다. 안경을 벗고 세수를 하다가 두 손의 움직임을 멈춰보았다. 눈과 입을 닫고 잠깐 잠깐 숨을 멈춘 시간. 나는 이렇게 생겼구나. 구멍이 너무 많은 것 같다. 눈과 입을 계속 열어두고 아무거나 보고 아무 말이나 하며 살았던 것 같아. 그러고 싶진 않았는데. 나는 숨을 크게 쉬며 수건으로 얼굴을 닦고 렌즈를 꼈다. 가벼워진 느낌이 들어 좋았다.

세탁기의 표준 코스가 끝나고 세탁조 안에 박힌 동그란 먼지 통을 떼어냈을 때, 그 안에서 내 주먹만한 먼지 뭉치가 나왔다. 그간의 나는 빨래를 한 것이 맞는가 하는 의문이 들었지만 다행히 이제 우리는 모두 가벼워졌다.

유튜브에서 흐미를 재생시켜놓고 쌈장을 만들 준비를 한다. 엄마 음식의 특징은 파와 마늘이 많이 들어간다는 것이다. 가령 오이지무침 같은 것은 오이지맛은 안 나고 파, 마늘 맛만 나는 것이다. 싫다는 것은 아니고 누가 이런 식을 주입한 것도 아니지만 아무튼 나 역시 파와 마늘을 많이 넣는 편이다. 나는 된장과 고추장에 파와 마늘을 잔뜩 다져 넣고 매실액과 들기름과 깨를 넣어 열심히 섞었다. 그렇게 잔뜩 쌈장을 만든 건 집에 농구공만한 양배

추가 있기 때문이다. 엄마가 이 동네에서 사귄 지인에게 받은 것이라고 한다.

엄마는 이곳으로 이사를 온 뒤에 몇몇 사람들과 안면을 트게 되었다. 자세히는 몰라도 그렇게 새로 사귄 사람들이 네댓 명 정도 되는 것 같다. 403호와도 역시 안면을 트고 지내는데 그 아주머니는 늘 현관문을 열어놓고 지내 엘리베이터에서 내려 복도 쪽으로 가려면 인사를 안 하려야 안 할 수가 없었다고 한다.

예전에 한번은 이런 적도 있었다. 내가 쉬는 날이어서 엄마 집엘 가 있었는데, 엄마가 퇴근길에 소뼈를 잔뜩 들고 들어온 것이다. 엄청나게 구겨진 티지역 마트 봉지에 아무렇게나 담은 것이었다. 엄마는 들어와서 무언가 당황스러운 표정을 지었다.

그게 뭐야?

몰라, 뼈는 뼌데……

뼈?

엘리베이터에서 어떤 할아버지가 줬어.

응?

모르겠다. 그 할아버지가 엄마가 가진 걸 뺏어간 것도 아니고 뭔가를 주었다는데도, 엄마와 나는 한참을 할아버지의 행동에 대해 이야길 나누었다. 말하자면 수상하다는 것이었다. 일층에서 엘리베이터를 탔는데 할아버지가 갑자기 "뼈가 너무 많"다면서 주었다고 했다. 엄만 사층에서 내려야 했기 때문에 엉겁결에 그걸 받아들고 내린 모양인데 만약 더 위층에 살았다면 할아버지와 얘길 나눠볼 수 있었을 것이다. 그러니까 아무리 뼈가 많아도 그렇지……

할아버지가 혼자 살아서, 이걸 고아먹을 줄 모르는 게 아닐까.
그렇다면 너무 미안한데……
고아서 갖다줄까?
그건 좀……

엄마가 결국 그 뼈를 어떻게 했는지는 모르겠다. 아무튼 그 외에도 밭이 있는 한 아주머니(이번에 양배추를 준)와도 친분이 생겨 고구마, 양배추, 토마토, 고추, 오이 등 각종 채소들을 자주 얻는다고 한다. 그냥 아는 사람들이 생겼다는 것이 신기해서 어떻게 하다가 알게 되었느냐고 묻자 엄마는 "그냥 길 가다가"라고 심드렁하게 대답했다. 물론 나도 버스나 지하철에서, 혹은 마트에서 너무 편하게 말을 거는 사람들을 본 적은 있지만, 그렇지만 그 관계를 이어가고 있는 엄마는, 엄마, 어떻게 하면 그럴 수 있어? 그리고 왜 계속 이어가?

이어간다는 생각은 아냐.

이어간다는 생각은 아니라고 한다. 나는 요즘 나의 관계들에 대해 잠시 생각했다. 쌈장을 만들어놓고 양배추를 적당히 잘라 찐다. 아주 짧은 시간 찌는 것이 나의 비법. 찐 것도 안 찐 것도 아닌 것처럼 쪄야 한다. 푹 찐 양배추(엄마의 방식)는 내가 가장 싫어하는 음식 중의 하나다. 나는 살짝 찐 양배추를 식힌 다음 냉장고에 넣었다. 그리고 로또 당첨번호를 맞춰보았고, 오등에 당첨되었다는 것을 확인했다. 만오천원어치 샀는데.

올봄이었나, 일을 하던 중에 로또 당첨번호를 맞춰보다가 상사에게 걸린 적이 있었다. 대놓고 걸린 것은 아니었고 내 옆을 지나가던 그녀가 책상 위에 써놓은 여섯 개의 숫자를 보고는 "그 숫자들은 뭐야"라고 물었던 것이다. 나는 급하게 숫자들을 지우며, 아무것도 아니라고 말했다. 그러자 그녀는 "로또구먼, 아무것도 아니긴 뭘 아무것도 아냐"라고 말한 뒤 자기 자리로 가 앉았다. 알면서 뭘 물어보고 지랄이야, 나는 속으로만 생각했다.

옷을 갈아입고 H마트에서 식초와 미역, 국수와 수프를 샀고 다음에 지유나 지우를 만나면 주려고 초콜릿도 샀다. 붕어빵 아주머니가 오픈 준비를 하고 있는 것을 보았지만 붕어빵이나 옥수수가 완성되기까지 기다리기가 힘들 것 같아 그냥 집으로 돌아왔다. 정말 더운 여름이다. 집에 돌아와 휴대폰을 보니 M으로부터 청주에 가자는 메시지가 와 있었다. 응, 가자. 나는 가자고, 답장을 보냈다. M이 어디든 가자고 하면 나는 갈 것이다. 메시지를 보내고 얼마 지나지 않아 엄마가 퇴근을 했고, 남의 밥을 만들다 온 엄마에게 밥을 차려준다. 차게 식혀둔 양배추쌈 밥상은 오늘도 합격점을 받았다. 오늘은 엄마와 좀 걷고 싶다는 생각이다.

너무 덥긴 한데, 이따가 산책 갈까?
그때 그 산책로로?
으응? 거긴 너무 멀지 않아?
저번에 본 그 미나리를 뜯고 싶은데 여태 못 갔거든.
그거 더러워서 못 먹어, 엄마.
아니, 그냥 키우려고.
키운다고?

난 그냥 집 앞 공원이나 걸을 생각이었는데 엄마는 단박에 좀 멀리 떨어져 있는 산책로를 원했다. 산책로 옆 어떤 더러운 수로 끝에서 본 미나리를 뜯고 싶다는 것이다. 봄이었고, 그때도 엄마가 원했었는데 그즈음엔 늘 미세먼지가 최악이어서 먹든 안 먹든 안 좋을 것 같다고 내가 많이 말렸었다. 엄만 그걸 잊지 않고 있었다. 그때 뜯게 둘걸, 싶었고 지금이라도 다시 기회가 생겨 다행이라는 생각이 들었다. 그리고 다행이기 이전에, 미안하고 고맙다는 생각. 너무 쉬운 일들이라고 생각해왔지만 나는 이제 그런 일들을 가장 우선으로 여기고 싶다. 나는 이제 그렇게 살고 싶다.

이렇게 입고 가도 될까?
그건 너무 잠옷 같은데.
이건 괜찮니?
응, 그건 괜찮아.

엄마는 엄마가 가진 옷 중에서 가장 이상한 옷을 꺼내 입었다. 옷이 몇 벌 없어서 그렇다. 외출복을 입으면 또 빨아야 하니까, 그냥 이상한 옷을 입고 나간다. 정말 이상하지만, 입고 나간다.

봉지 내가 챙길게. 미나리 담을 거.

내 말에 엄마가 좋아하는 기색이다. 엄마는 빈손이고, 나는 휴대폰과 봉지를 챙겨 밖으로 나갔다. 엘리베이터에서 M에게 안전운전을 하고 저녁을 맛있게 먹으라는 메시지를 보냈다.

현관 앞 벤치에서 슬라임을 갖고 놀던 지유와 지우가 내게 알은

체를 했다.

안녕하세요!

어, 저녁 먹었어?

네, 오리고기! 배불러요.

좋은 거 먹었네.

근데 또 배고파요!

뭐야. 재밌게 놀아.

아직 해가 짱짱했고 엄마와 나는 걷기 시작했다. 엄마는 "오늘 초저녁잠을 자지 않았고 이제 산책까지 하면 밤에 푹 잘 수 있을 것"이라며 좋아했다. 폭염 때문인지 산책로엔 사람이 한 명도 보이지 않았다. 또한 조성된 지 얼마 되지 않았는데도 풀이 엄청나게 자라 있었다. 어디선가 구렁이라도 나올 것 같은, 그런 길이었다. 나는 관리자로부터 방치되어 풀냄새로 가득찬 그 산책로가 마음에 들었다. 사십 분가량 걸었는데, 그동안 걷는 사람 한 명, 자전거를 타는 사람 한 명을 볼 수 있었다.

걔네들은 누구야?

응?

아까 집 앞에 어린애들.

아, 그냥 아는 애들.

꼬맹이들을?

나도 아는 사람 생겼거든?

누가 뭐랬니.

시시껄렁한 얘길 나누며 걸었고, 미나리가 있던 곳을 찾기가 어려웠다. 돌다리를 건너서 조금만 더 걸으면 된다는 것. 미나리의 위치에 대한 엄마와 나의 기억은 같았지만 무성하게 자라버린 풀 때문에 돌다리 자체가 보이질 않았던 것이다. 우리는 결국 돌다리를 건너지 못하고 계단을 통해 수로를 건넜다. 그리고 새로 생긴 편의점에 들러 천원짜리 음료수를 사서 마시며 잠시 땀을 식혔다. 날이 어두워지기 시작했고 우리는 음료수를 금세 다 마시고 왔던 길의 반대편 길로 걷기 시작했다. 그리고 색색의 조명이 켜져 있는 다리 아래를 지나자마자 전에 보았던 작은 수로를 발견했다. 나름 수문까지 있었다. 팔을 뻗기에는 미나리에 닿지 않을 것 같고, 사람이 내려가기엔 공간 확보가 되지 않을 것 같았다. 어떡하지, 하는데 엄마는 엉성해 보이는 수문을 잡고 허리를 구십도로 숙여 미나리를 뽑기 시작했다. 나는 휴대폰으로 플래시를 켜 미나리를 비췄다. 빨간색 티셔츠를 입은 몸이 마른 아저씨가 트로트를 들으며 우리 곁을 지나갔고 나는 혹시 무슨 나쁜 말이라도 들을까 겁이 나서 짐짓 자연스러운 척을 하느라 엄마에게 "진짜 덥다. 그치"라며 그야말로 새삼스러운 말을 건넸다. 엄마는 안전하게 몸을 다시 올렸고, 서너 줄기의 미나리는 내가 챙겨온 봉지에 담았다. 누구도 뭐라 하지 않았고, 우리는 이제 집에 가기만 하면 되었고,

나는 그 사실이 너무 좋았다.

집에 와선 내가 먼저 샤워를 했고 그사이 엄마는 미나리를 다듬어 일 리터짜리 플라스틱 음료수병에 담아놓았다. 그렇게 몇 개월을 뽑고 싶어했던 것에 비해 너무 대충 꽂아놓아서 당황스러웠다.

엄마, 이게 뭐야.

뭐가?

엄마가 씻으러 욕실로 들어갔고, 나는 미나리를 바라보았다. 그래, 이렇게 꽂든 저렇게 꽂든 엄마 마음이니까. 하루에 내가 '미나리'라는 말을 이토록 많이 해본 적은 처음…… 더 생각해볼 것도 없이 이런 적은 처음이라는 것을 안다. 그리고 앞으로도 그럴 일은 거의 없을 거라는 것도 안다. 나는…… 그동안…… 나는 이제 그렇게 살지 않을 것이다.

M은 청주에 지인이 운영하는 일본 라멘 가게가 있다고 했고 거길 가보는 것 말고 다른 계획은 없이 M과 나는 청주로 갔다. 일찍 일어나긴 싫었지만 새벽 여섯시에 일어나 준비를 마치고 일곱시에 출발했다. 예전 같으면 피곤하다는 이유로 가지 않겠다고 했을 것 같다. 자고 싶은 만큼 자고 출발하면 고속도로 정체를 겪어야 하고, 그게 싫기 때문에 그냥 가지 않는 것을 택하는 편이 쉬웠다. 나는 요즘 피곤하지 않고, 새벽 네시쯤 잠들었지만 다행히 여섯시

에 일어날 수 있었다.

우리는 청주에서 일본 라면을 먹었다. 청주시청 근처 골목에 있는 작은 가게였다. 이렇게 더운데 요즘 누가 라면을 먹느냐며 M의 지인인 사장이 우릴 보고 웃었다.

정말 여기 오려고 청주에 왔다고?

그는 세 번쯤 같은 질문을 했고 M이 세 번 모두 그렇다고 대답했지만 그는 M의 말을 잘 믿지 않는 것 같았다. 아침밥을 먹지 않은 상태라서 우리는 아주 빠르게 음식을 먹어치웠다. 그리고 밖으로 나왔고, M은 대전으로 차를 몰았다. 운전석 쪽 타이어 공기압이 갑자기 사십 프사이 대로 떨어져 잠시 정비소에 들른 것 말곤 별다른 일은 없었다. 정비소 직원은 땀을 흘리며, 이런저런 경우가 있을 수 있는데 지금 같은 경우엔 너무 더워서 센서가 잠깐 말을 듣지 않았던 것 같다며 "이젠 걱정하지 않아도 될 것 같아요" 라고 여러 번 말했다. 나는 어쩐지 안심이 되었고,

굉장히 친절하다.

내 말에 M은 아무 말이 없었다.

자기 일을 한 것뿐이지만 정말 친절했어.

나는 한번 더 말했다. 최근 몇 년간 나는 고마운 것도 잘 모르고 (아무것도 잘 모르고) 지냈다. 서울을 떠나오기 얼마 전엔 내 고민을 자주 들어주던 직장 동료와 "바쁘면 사람 노릇 못한다"는 책의

글귀를 보며 같이 웃곤 했었다.

두부와 새우, 과자 같은 것을 사서 소주와 맥주를 마셨다. 나는 평소보다 덜 마셨고 M은 평소보다 더 마셨다.

오늘 왜 이렇게 안 마셔?
배가 불러.
토할 것 같아?
응.
약 사올까?
괜찮을 것 같아.

나는 얼마 먹지 못하고 숙소 창밖이나 바라보다가 일찍 잠들었다. 그리고 오래 자지 못하고 새벽에 깼다. 깨어나니 팔월 일일이 되어 있었다. 이렇게 시간이 흐르고 있구나 생각하며 잠에서 깬 자세 그대로 가만히 앉아 있었다. 그리고 잠든 M을 바라보다가 밖으로 나갔다.

내키는 대로 여기저기를 걸었는데 숙소에서 멀지 않은 곳에서 유명 스크린골프장 체인의 본사를 보았다. 나는 내가 지금 여기서 웬 스크린골프장 체인의 본사를 보고 있다는 것과 내일을 걱정하지 않아도 된다는 것이 낯설었고 그 낯선 기분이 좋았다.

편의점에서 컵라면과 삼각김밥과 만두와 콜라를 사서 숙소를 향해 다시 걸었다. 돌아오니 M은 여전히 자고 있었다. 아직 여덟 시도 되지 않은 시각이고 운전을 오래 했고 술도 마셨으니까 깨우지 않고 그냥 두었다. 나는 〈TV 동물농장〉이 하길 기다리면서 혼자 삼각김밥을 먹고 물을 마셨다.

일요일 한낮의 엑스포과학공원은 오래전 문을 닫은 놀이동산처럼 한산했다. 두 평 정도 되는 것 같은 안내소의 직원은 휴대폰을 들여다보다가 우릴 발견하고 흠칫 놀라는 기색을 보였다. 정말이지 드넓은 그 공원에서 우리는 아인슈타인 동상과 작고 재미있어 보이는 놀이기구(실제로 작동은 안 할 것 같았다), 거북이, 꿈돌이, 장승, 커다란 하이톱 운동화 모양의 조형물, 돌하르방 등을 보았다.

모르겠어. 저 조형물들 전부…… 난 모르겠어.

혹시 공원이 너무…… 너무 넓어서?

너무 넓고 너무 더워 오래 걷지 못하고 차로 돌아왔다. 그 공원은 의문투성이였고 우리는 아무것도 알 수 없었지만, 그래도 좋았다. M은 최근 몇 년간의 나를 잘 견뎌주고 있었다.

아직도 그 일 때문에 미안해하고 있어?

M은 대답이 없었고, 내가 재차 묻자,

견디거나 그런 건 난 못해.

한마디를 들을 수 있었다. 나는 그의 그런 태도가 진심이었으면 좋겠다고 생각하고 수행이 필요한 사람도 M이 아니라 나라고 생각한다. 서울로 가는 길에 삼층 규모의 문구센터를 발견한 우리는 곧장 들어가 차량용 방향제와 체스, 색연필과 배드민턴 세트를 샀고 다시 집으로 출발했다. 성산대교를 건너 불과 얼마 전까지 살던 집 근처를 지날 때 어쩐지 숨이 막히는 것 같았지만 잠깐이었다.

엄마는 내가 대전에서 사온 빵을 맛있게 먹었다. 나는 이틀짜리 여행의 짐을 풀고 샤워를 하고 설거지를 하고 휴대폰을 조금 만지작거렸다. 일찍 누웠는데 어디선가 귀뚜라미 소리가 들렸고 조금 있다가는 매미 소리도 들렸다. 몹시 피곤했지만 잠은 오지 않는 밤. K에게서 "고양이 한 마리를 임시 보호하고 있는데 혹시 같이 지낼 생각 있냐"는 메시지가 왔다. 이름은 삐용이. K는 이미 세 마리의 고양이와 함께하고 있어 더는 어려운 모양이다. 나에겐 한 마리의 고양이도 없지만…… 지금 나는 고양이가 아니라 나 자신과 함께 살아야 한다. K는 삐용이의 사진을 몇 장 보내며 주변에 혹시 함께 살 수 있는 사람이 있는지 생각해봐달라고 부탁했고 나는 최선을 다해보겠다고 말했다. 그러고선,

방울토마토나 체리나, 아무튼 그렇게 생긴 거 있지? 그런 건 가져가면 안 되거든. 그래서 보통은……

할머니가 입원해 있는 병원에 가는 일에 대해 설명해준다. K는 자신을 둘러싼 일들을 모두 받아들였고 마음이 편안하다고 했다. 나는 가만히 K의 마음을 상상해보았다.

눈을 떠 휴대폰을 보니 M으로부터 메시지가 와 있었다.

전기 스위치 같은 것을 사러 다니는 꿈을 꿨어.

바보 같으니라고. 어쩌다 저런 꿈을 꾼 거야. 나는 꿈속의 M을 생각하며 조금 웃었다. 엄마 방에 가보니 엄마가 있기에 여름휴가인가보다 했다. 식탁 위에 있는 탁상달력을 보니 이틀간 쉰다는 표시가 되어 있다. 나는 달걀을 삶고 김치를 볶았다. 김치를 볶는 것도 너무나 쉬운 일이라고 생각해왔지만 최선을 다해 천천히 볶아보았다.

엄마, 밥 먹자.

음, 맛있다.

합격이야?

엄마가 고개를 끄덕이며 웃는다. 아닌 게 아니라 내가 지금까지 한 김치볶음 중에 가장 맛있게 된 것 같다. 서울에서 짐을 정리할 즈음엔 맛없기가 힘든 간단한 음식도 이상하게 죄다 망쳐버렸던 기억이 난다. 시간이 없어서였을까. 생계를 위한 일을 하거나 우는 시간을 빼고 나면 내게 남는 시간은 별로 없었다. 많이 바란 것은 아니었고 그냥 두세 달만 쉬고 싶었는데 아예 그만두지 않는 한, 두세 달을 쉴 수 있는 방법은 없었다. 그것뿐이었다. 나도 더 가난해지고 싶진 않았지만…… 마지막엔 정말이지 뛰어내리고 싶었다.

너 1.5층 살았잖아.

응, 엄마. 아무튼 나 지금 마음이 너무 편안해…… 그래서 고맙고 미안해.

나도 너랑 사니까 좋다.

근데 왜 처음에 오지 말라고 했어.

엄마와 믹스커피를 마신다. 사실 영농자재백화점 앞에서 석기와 마주친 뒤로 석기에게 만나자는 연락이 매일 왔었다. 나는 그를 조금도 만나고 싶지 않았다. 엄마가 커피잔을 내려놓았고 나는 설거지를 한 뒤 괜히 냉장고며 서랍장을 아무데나 뒤져보다가 밝은색 겉옷을 모아 세탁기를 작동시킨 뒤 작은방으로 들어갔다. 빨래 좀 그만해. 엄마가 말했지만 들은 체도 안 했다.

씨발 너 진짜 인생 그렇게 살지 마라.

석기로부터 메시지가 왔다. 지금은 아침 아홉시 삼십분인데. 지금 막 화가 난 것은 아닐 텐데…… 다른 것에 화가 나 있었는데 마침 그 화살이 나를 향했던 것일까, 아니면 내게 전부터 하고 싶던 말이었을까. 아니면…… 근데…… 내가…… 내가 뭘 그렇게…… 나는 옷을 갈아입고 베란다 창문을 열었다. 석기에게 궁금한 것이 있지만 물어볼 생각은 없다. 그의 말이 진심이라는 생각도 들지 않고 혹여 진심이라 해도 그건 결국 아무도 모르는 일이기 때문이다. 그때 또 메시지가 왔다.

나 어제 아기 낳았어.

C의 메시지였다. C는 엄마가 되었고 나는 이모 같은 것이 된 모양이다. 나는 얼마 전 구입한 초콜릿을 가지고 일층 현관 앞 벤치로 갔다. 지유와 지우는 없었다. 열시쯤 된 것 같은데 너무 더웠다. 잠깐 벤치에 앉아 있는데 남자애 두 명과 여자애 두 명이 다가와 죄송한데 담배 좀 사다달라고 말했다. 나는 싫다고 말한 뒤에 나도 모르게 그들에게 초콜릿을 내밀었다. 나는 요즘 시간이 이렇게 가고 있구나, 하는 것만 생각한다.

멀리 떨어진 곳의 이야기

7월 8일 토요일

용두산공원에 갔다가 부산타워를 올려다보고 자갈치시장을 둘러본 뒤 동백역에서 부산대역까지 지하철을 탔다. 맞은편에 하루키를 닮은 남자가 앉아 있었다. 나는 미행을 하는 형사처럼 남자가 아내로 보이는 여자와 나누는 이야기를 들으려 애쓰며 그들을 간간이 쳐다보았다.

거기 음식은 뭔가 아련한 맛이 있단 말이야.

아내로 보이는 여자는 고개만 까딱까딱했다.

아무튼 이제 그 모임에서 빠져야겠어.

남자가 말했고 나는 그의 부인이 되고 싶다는 생각을 하다가 수영역에서 내렸다.

이상한 생각을 하고 사니까 우산을 두고 내리지.

M이 말했다.

언니의 부탁으로 주말 같은 때에 조카를 봐주곤 한다. 조카의 이름은 류서인데 류서를 봐주기 시작하고 얼마 되지 않았을 때 그 계집애가 어디를 뒤졌는지 내가 써둔 유서를 들고 나와 이모가 자기한테 편지를 썼다면서 자기 이름은 유서가 아니고 류서라고 말했다.

창의력이란 게 있다면 류서는 정말 창의력이 있는 것 같아. 생각이 독특하고 재밌어. 난 잘 모르지만 류서가 그런 걸 잃지 않도록 언니가……

조심스럽게 말했더니 언니가 "그러면 이상한 어른으로 자라더라고" 담담하게 말하고선 오만원을 주었다. 나는 그 말을 오래 곱씹었고 결국 기분 나빠했다. 어떤 의미로는 맞는 말이란 생각이 들기도 했지만 맞는 말을 들었는데 기분이 나빴던 것을 보니 받아들일 수는 없었던 것 같다.

해결하지 못한 것들이 몇 가지 있다. 우리는 오래전에 『복지국가 스웨덴』이라는 책을 같이 읽었다. 그가 스웨덴으로 갔다는 소식은 M에게 들었다.

불법체류 신세니까 아주 제대로 살지는 못하겠지.

복지국가…… 불법체류…… 복지국가…… 불법체류…… 어떤 면에선 멋진 선택이라고 생각했지만 무언가 의문이 남았다.

M과 한 시간 정도 같이 있다가 먼저 숙소로 와서 혼자 맥주를 마셨다. M이 날 좋아하지 않는 것이 그 때문인지는 모르겠다. 내가 일어나자고 했더니 싫다면서 친구들하고 더 놀겠다고 했다. 맥주를 마시며 M의 연락을 기다리고 있는데 K가 메시지를 보내왔다.

너 어디야? M의 친구가 페북에 커플 셀카를 올렸는데 거기 M과 네가 싸우는 모습이 찍혀 있어.

하필 통유리로 된 맥줏집이었던 것이다.

내 모습은 그렇게 거기 남아 있을 테지.

어쩔 도리가 없네.

부산어묵 하나 맛보지 못하고 돈은 돈대로 쓰고 비참한 모습을 찍히고 감기에나 걸려 왔다. 기대가 컸던 여행이어서 예상과는 다른 현실에 따른 감정을 처리하지 못하고 정지해 있다. 사실 나는

M과 싸우다가 잠깐 옆을 봤을 때 그 커플이 셀카를 찍고 있는 것을 봤다. 봤지만 모든 것을 참을 수는 없었다. 그러니 이제 와서 어쩔 도리는 없지만,

내가 낸 회비 돌려줘.
M은 싫다고 했다.

했던 말을 주워 담고 싶지만,

7월 26일 수요일

칠월엔 지하철을 두 번 탔다. 나는 어릴 때부터 버스 타는 것을 좋아했다. 땅끝까지 버스를 타고 가도 멀미도 안 한다. 버스에서 창밖을 바라보며 이런저런 생각을 하는 것이 좋았다. 때로는 책을 읽기도 하고 음악을 듣기도 하고 통화를 하기도 하고 잠을 자기도 한다. 그것도 다 앉아 있을 때 얘기지만.

날씨 같은 것도 몸으로 느끼는 것보다 보는 것을 좋아한다. 비를 맞는 것은 싫지만 비가 내리는 것을 보는 게 좋고 더운 것은 싫지만 쨍쨍한 바깥을 보는 건 좋다. 가을 같은 것도 보는 게 더 좋

고 눈이 내리는 것을 보는 건 내가 정말 좋아하는 순간 중 하나다.

어떤 순간이 한 번뿐이라고 생각하면 어쩔 줄을 모르겠다.

그래서……

그래서 나는 행동이나 말이 점점 느려졌고 그러면 안 될 때 얼른 대답을 하고 행동을 하느라 우왕좌왕하거나 실수하는 일이 잦아졌다. 처음엔 무언가 중요한 선택을 해야 할 때 신중하려고 한 것뿐인데 갈수록 사소한 일들에도 신중해져버린 것이다. 그렇다고 내가 부산에서 심하게 화를 낸 것을 잊은 건 아니다. 나는 그때도 신중했다.

아무튼 봄부터 비교적 단순하게 할 수 있는 다른 일을 알아보고 있는데 할 줄 아는 것도 없는데다가 이상한 곳만 눈에 띈다. 일산 백석동의 정명례씨는 작은 옷가게를 하시는 모양인데 직원을 구하고 있다. 나는 최근에 정명례씨의 구인광고를 열일곱 번이나 보았고 같은 이유로 지원하고 싶기도 하고 지원하고 싶지 않기도 했다.

최근 우리 회사는 중국 거래처에 더 높은 기술력을 요구하면서 더 높은 금액을 제시했는데 그쪽에서 건너온 답변은 이랬다.

자신 없어.

그 가격에 그 품질의 제품을 그때까지 만들 자신이 없다는 것이었다. 나는 중국 거래처의 답변이 마음에 들었는데 그 얘길 듣고 혀를 끌끌 찬 뒤 커피 여덟 잔을 쟁반에 담아 걸어오던 현선아 대리는 선풍기 선에 걸려 그대로 넘어져 사무실을 엉망으로 만들고 말았다.

자신 없으면 자신 없다고 말하고 가끔 넘어지면서 살고 싶다. 무리해서 뭔가를 하지 않고 넘어지지 않으려고 긴장하는 것이 싫다.

다른 일들을 알아보고는 있지만 사실 아직은 이 일 말고 할 수 있는 다른 일을 모른다. 그걸 알기 전까진 이 회사를 다녀야 한다고 생각한다. 엄마 집에서 회사까지는 버스로 두 시간. 지하가 싫어서 늘 버스를 타는데 그날은 지하철을 탔다. 지하가 싫긴 해도 지각을 하면 안 되니까.

나중에 생각하니 정말 훌륭한 선택이었던 것 같다. 내리기 직전 배가 아파온 것이다. 푹푹 찌는 더위에 공중화장실에서 똥을 싸고 싶진 않았지만 도저히 참을 수가 없었다. 똥을 싸고 나니 개화역에서 내린 나 자신에게 감사하다는 생각이 들었다. 다행을 넘어선 감사한 마음. 나는 길에서 똥을 싼 적이 있다.

첫번째 칸에 타 맨 끝자리에 앉았다. 지하철을 타면 시선을 어디에 두어야 할지 늘 곤혹스럽다. 휴대전화로 할 수 있는 게 많지만 내가 어떤 검색어를 입력하는지, 어떤 기사를 클릭하는지를 주변에서 보는 것이 싫었다. 나는 손 소독제를 꺼내 양손에 비벼 발랐다.

출근 시간이 지난 열차에는 승객이 많지 않았다. 간격을 두고 앉아 저마다 뭔가를 하고 있는 사람들을 보다가 아, 왠지 뭔가가 이상하다, 라고 생각했다. 불과 몇 분 전까지 똥을 싸고 있었던 것을 사람들은 모르겠지?

출발 전까지 계속 문이 열려 있는 탓인지 어디선가 들어온 실잠자리 한 마리가 내 옆자리에 앉았다. 나는 실잠자리를 잡아 문밖으로 내보내주었다. 돌아서서 다시 자리에 앉으려는데 두 칸 정도 간격을 두고 앉아 전화통화를 하고 있던 모르는 아주머니가 나를 향해 엄지손가락을 치켜들었다.

7월 9일 일요일

돌아오는 내내 말없이 왔다. 나는 차의 뒷좌석에 앉아 즐겨 듣는 팟캐스트를 들었다. 팟캐스트의 진행자는 개그맨이고 돈에 대한 걸 주제로 했다. 그의 명언 중에는 '돈은 없는 셈 쳐라'라는 것이 있다. 나는 이걸 들으면 기분이 좋다. 돈이 없어서 못 쓰는 게 아니라 돈이 있어도 안 쓰는 거라고 생각할 수 있게 해준다. 없어, 없다, 없다……면서 한숨 쉬지 않고 웃으면서 돈 얘길 듣는 것이 너무 좋다. 나는 필요한 것만 사지 갖고 싶은 걸 살 수는 없는 사람이다.

7월 10일 월요일

월급이 들어왔지만,

가족으로는 일을 잠시 쉬고 있는 엄마와 병든 갈색 푸들 한 마리가 있다.

월급은 제날짜에 꼬박 들어왔지만……

시간이 날 때마다 돈이라는 것에 대해 생각했다.

7월 15일 토요일

중학교 동창의 결혼식장에 갔다. 가고 싶지 않았지만 갔다. 간 것까지는 그렇다 치는데 가서 부케까지 받았다. 주례는 첫째는 사랑, 둘째는 부모님 생각, 셋째는 건강이라고 말했는데 내 생각엔 첫째가 건강인 것 같았다. 결혼식이 끝나고 오랜만에 만난 친구들은 모두 주차장으로 갔다. 나만 버스정류장으로 갔다.

부케 잘 받았어?

M에게 문자메시지가 와 있기에 답장을 보냈다.

어찌 됐든 내가 모두를 웃게 했어.

친구들은 나의 옷차림이나 근황을 농담이라고 여긴 모양이었다. M에게 만나자고 했지만 그는 약속이 있다고 했다. 그때,

류서 저녁에 봐달라고 하는데 내가 지금 밖이야.

엄마에게 문자메시지가 왔다. 언니는 매번 오늘만이라고 말한다. 그렇게 말하면 덜 미안한가보다.

세 시간 가까이 걸려 엄마 집에 도착했다. 강아지가 없어서 찾아보니까 베란다에 있는 감자 박스 안에 들어가 있었다. 안 나오려고 하는 강아지를 꺼내 베란다 문을 닫은 다음 옷을 갈아입자마자 류서가 왔다. 류서는 열다섯 권의 책을 가져왔다. 앉아 있는 류서 곁으로 강아지가 와서 탐색을 시작했다.

으, 냄새.

류서가 코를 막았다.

아파서 그래.

류서는 인상을 쓴 채로 나를 올려다봤다. 강아지는 계속 류서 주위를 맴돌았다. 나는 류서가 계속 코를 막고 있는 것이 싫었다.

이모, 뭐 먹을 거 없어?

여기 뭐 맡겨놨어?

무언가…… 과했다는 생각이 들었지만……

강아지는 스웨덴에서 불법체류중인 그가 두고 간 강아지다. 이 년 전 여름부터 아프기 시작했는데 다섯 군데의 병원에서 평생 매일 약을 먹는 수밖엔 없다는 진단을 받았다. 약을 먹이기 시작하고 세 달쯤 지나서부터는 약을 먹는 것을 극도로 싫어하게 되어서 더 받아놓은 약도 못 먹이다가 그만둬버렸다. 사람이 침을 모아 뱉듯이 입안에 겨우 묻혀놓은 약들도 어떻게 해서든 다 뱉어내버렸다. 겨우 세 달 치료하고서 방치하고 있는 셈이다. 난치병이라는 게 가끔은 적절한 변명이 되어주었지만 사실은 그냥 아프다는 사실 자체로 죄책감이 컸다.

그리고 나는 그에 대한 미움을 키워갔다. 이렇게 아픈 애를 그냥 두고 가면 어떡해? 라고 M에게 하소연도 해봤지만 나 역시 아픈 애를 엄마한테 두고 나왔다. 정말 하고 싶은 말은 그냥 가면 어떡하냐는 말이었다.

나는 그를 원망하면서 기다렸기 때문에 지루하진 않았다. 그는 마흔이 넘으면 돌아온다고 했고 시간은 생각보다 빨리 갔다. 그가 돌아온다고 했기 때문에 돌아올 거라고 말하면 M은 아닐 거라고 했고, 내가 기다리고 있기 때문에 기다린다고 말하면 M은 그러지 말라고 했다.

돌아온다고 말한 거지 돌아왔어?

……

그냥 그렇게 말한 거야. 몰라?

그러면 내가 가면 되지, 라는 생각이 들었다. 나는 스웨덴에 갈 것이고, 갈 것이지 간다고 말하지 않을 것이다.

7월 27일 목요일

어쩐지 돈을 번 듯한 기분을 느낄 때가 있다. 최근에는 공병 보증금을 받을 때가 그렇다. 내가 아래층에 사는 알코올중독 아저씨

나이가 되면 아저씨보다 더 심한 상태일지도 모른다. 복지국가 스웨덴에선 저런 사람들을 어떻게 관리해주는가?

여름이고 폭염이고 술을 마시고 싶은데 어제 마셨으니까 오늘은 참기로 했다. 여름이고 폭염이고 입맛은 없는데 살이 빠지지 않는 것이 술 때문일까 생각해본다.

백육십 센티미터에 칠십오 킬로그램.

살에 대해 생각해본다. 내가 뚱뚱하다고 말하면 대부분의 사람들은 아니라고, 괜찮다고 했다. 팔십 킬로그램은 넘고 이야기하자고 했다. 그들은 정말 내가 뚱뚱한 건 아니라고 생각하는 걸까? 내 몸에 대해 내가 얘기하는데 더 뚱뚱해야 뚱뚱하다고 말할 수 있다고? 외모에 대해 신경쓰고 싶진 않지만,

사람들은 나의 가난 같은 것에 대해서도 그런 식으로 말했다. 집 월세가 몇 달치 밀리거나 휴대전화 요금을 못 내서 끊겨봤냐는 것이었다. 나는 집은 월세지만 빚은 없다고 말했고 그러자 그러면 가난한 건 아니라면서 요즘에 안 힘든 사람 있냐고 했다. 내가 집은 있지만 빚내서 여행 간 거라고…… 그나저나 비트코인 그거 이제…… 그냥 나는 나에 대해서 말했을 뿐인데 많은 사람이 우

왕좌왕하며 이랬다저랬다 별말들을 다 했다.

다행인지 불행인지 나는 겉으로 보기엔 가난해 보이지 않는다.

삼십 년 넘게 한 도시에서 살았는데 집 근처에 경전철과 함께 대단지 아파트 단지가 들어섰고 입주가 시작되기 전 나는 서울로, 엄마는 버스로 사십 분 더 걸리는, 북에 가까운 동네로 이사했다. 아파트 건설이 시작되고 서서히 높아지는 아파트를 바라보면서 아, 이사를 가야 하는구나, 하는 것을 알게 되었다. 사람들은 대단해, 저런 아파트를 잘도 짓는다. 생각보다 아파트는 빨리 지어진다.

그 아파트 단지는 아이파크였는데 내가 그 아파트를 보면서 복합적인 기분을 느끼는 것은 단지 집 없는 서러움이랄지 그런 이유 때문만은 아니었다.

나는 엄마와 함께 아이파크 모델하우스에 간 적이 있었다.

우리는 102번 버스를 타고 모델하우스에 갔다. 아침 열시쯤이었나, 아무튼 오전이었는데 이미 줄이 길었다. 우리는 줄을 서 안으로 들어갔고 신발을 벗어 슬리퍼로 갈아 신었으며 곽티슈와 함께 경품 추첨권을 받았다. 통장에는 얼마간의 돈이 들어 있어야 했고 우리의 통장 잔고는 거의 0원이나 다름없었기 때문에 엄마는 그 돈을 어디선가 빌려 넣었다. 나는 그것 때문에 그즈음 늘 화가 나 있었다. 엄마는 우리에게 예고되어 있는 상황을 뻔히 알면서 마치 대본에 따라 실생활과는 너무 다른 연기를 하는 배우처럼 굴었다.

엄마는 통장에 십몇만원도 없으면서 왜 몇억씩 하는 아파트를 구경하러 온 걸까?

알 것 같지만 알 수 없지만,

우리는 평상시에는 아주 사이가 좋지만 가끔 쌓아뒀던 앙금을 한꺼번에 터뜨리며 싸우는 편이었다. 그렇게 나는 엄마에게 화가 나 있었는데…… 결국 어떻게 되는지 엄마가 직접 겪어야 할 것 같아서 일단 엄마의 뜻에 따르기로 했던 것이다.

그날 엄마는 아이파크 모델하우스 경품 추첨에서 일등에 당첨되었다. 현장에는 이백 명 정도가 모여 있었는데 단 한 명에게만 주는 사백만원 상당의 영창피아노는 엄마의 차지가 되었다. 사람들은 일등 당첨자의 이름 발표와 동시에 약간의 탄식을 내뱉으며 현장을 쑥 빠져나갔다. 경품 추첨은 의외로 길게 진행되어 덥고 지루했는데 엄마만은 그렇지 않게 되었다.

이상한 것은 내가 그때 화를 냈다는 것이다.

우리에겐 제세공과금으로 내야 할 경품 금액의 이십이 퍼센트가 없었고 나는 그 사실이 참을 수 없이 싫었다. 엄마와 나는 피아노를 칠 줄 몰랐는데 엄마는 언젠간 집에 피아노가 있었으면 했다면서 좋아했다.

정확하지는 않지만 일 년 좀 안 되어서 우리는 구십만원에 피아노를 팔았다. 내야 할 집 월세가 없어서였다. 나는 시간이 날 때마다 돈에 대해 생각한다. 돈을 어떻게 벌고 쓰는지가 아니라 그냥 돈이라는 것 자체에 대해서…… 그냥 어떤 사람에 대해 생각하듯이…… M은 칭찬을 포함해 누구의 외모에 대해서도 뭐라 말한 적이 없다.

7월 31일 월요일

베란다 방충망에 매미가 아직 안 갔나 봐봐.
엄마에게 문자메시지가 왔다.

안 갔어. 언제 와? 나 집에 가고 싶어.

답장을 보냈더니,

어디 아픈가?

답장이 왔다. 매미의 몸이 아플 거라는 생각은 한 번도 안 해봤다.

7월 30일 일요일

엄마가 하루 지방엘 가게 되어 어제 강아지를 보러 왔다. 심심했는지 M이 집으로 왔다. 빈손이기에 역시, 라고 생각했고, 미숫가루를 타주었더니 한 모금 마시고 물었다.

혹시 비트코인 알아?

잘 모르지만 알긴 알지.

그래?

왜 생겨났는지 어떻게 작동하는지는 모르지만 하도 떠들어대니까 알지.

난 정말 처음 들어봤거든?

니가?

응.

나는 M이 비트코인에 대해 모른다는 사실이 좋았다. 그런데 여기저기서 많이 언급되는데 M은 자연인도 아닌데 어쩌다 몰랐을까? 자고 있던 강아지가 나와 M을 탐색했다.

앤 어떡할 거야.

그냥 같이 사는데 뭘 어떡해.

냄새가 심하다.

아파서 그래.

어디 가까운 바다에 가는 것 어때.

그래.

나는 싫지만 그냥 그래, 라고 대답했다.

근데 쟨 누구야?

M이 물었다.

조카.

내가 대답했다. 나는 요즘 필요할 때만 M을 찾는 연습을 하고 있다.

7월 15일 토요일

이모, 나 이거 찢어졌어.

류서가 원피스 자락을 내밀었다. 나는 옷을 갈아입히고 반짇고리를 찾아 찢어진 부분을 꿰맸다.

이모, 종이 줘.

이모 이거 꿰매고 있어, 조금만 기다려.

이모는 맨날 기다리라고만 해? 지금 줘.

니 거 이거 꿰매고 있잖아.

그냥 찢어졌댔지 누가 그거 꿰매랬어? 이모가 하고 싶어서 하는 거잖아.

내가…… 이모가 되고 싶어서 된 건 아니었다.

7월 3일 월요일

전입신고를 했다. 기념으로 등본을 떼었다. 서류상에 나만 혼자 있는 걸 보니까 어떤…… 인간이라는 생각이 들었다.

몇 달 전부터 엄마는 내게 빨리 퇴거하라고 했다. 귀찮기도 하고 뭔가 내게 일어난 변화를 인정하기 싫어 전입신고를 미루고 있었는데 내가 없어야 공공임대 아파트에 가는 게 유리하다면서 독촉을 해왔다. 지금 사는 집은 공공임대 아파트의 당첨을 기다리며 잠시 있는 것뿐이라 정이 안 든다며 자신은 꼭 거기에 갈 거라고 말했다. 거기서 평생 살 거라고, 그럼 아무 걱정 없다고 말이다. 엄마가 들떠 있어서 나는 또 화가 났다. 자신이 세 들어 살 집의 월세가 싸다면서 기뻐하는 것이…… 여러 가지로 싫었다.

나의 이 잦은 화를 어떻게 해야 하나?

나는 골똘히 생각했다.

아무튼 전입신고를 하러 일찍 일어나 주민센터로 갔다. 그러다가 그만 몹시 불쾌해지고 말았다. 안 그래도 전입신고를 도와주던 공무원의 불친절함을 참고 있었는데 서류에 보증금과 월세를 써넣다가 그렇게 된 것이다. 그후 우편물을 받을 주소지를 옮겨주는 서비스를 신청할 거냐고 물어서 그게 뭐냐고 물었더니 인상을 찌푸리면서 했던 말을 반복했다. 더 자세히 설명해주지 않고 그대로 반복했다.

그러니까 그게 뭐냐고요.

나의 이 잦은 화를 어떻게 해야 하나?

전입신고가 잘 되었는지 불안해 등본을 떼려고 하니 사백원을 내라고 했다. 나는 현금이 없었고 담당 공무원은 카드도 된다고 말하면서 인상을 찌푸렸다.

전입신고 했어.

엄마에게 문자메시지를 보냈더니 엄마가 좋아했다.

그런 생각을 한 적이 있다. 저멀리 나를 향해 걸어오던 엄마를 보면서…… 어쩜 저리 밝을까?

나는 나의 전입신고를 담당한 공무원의 아침 일상과 어젯밤을 상상했다. 그리고 그녀를 불행한 일상으로 몰아넣었다. 누군가를 이해하기 위해서 고작 한다는 게…… 그런 거였다.

7월 15일 토요일

저녁을 먹긴 해야 하는데 집 냉장고에 별게 없어서 마트에 갔다. 음식을 잘 할 줄 몰라서 순두부와 순두부찌개 양념을 샀다. 둘을 넣고 끓이기만 하면 되는 것 같았다. 파를 썰고 있는데 류서가 말했다.

이모, 이모는 가난하지?

아니?
엄마가 이모는 가난하댔어.
아니라니까?
그래서 책도 많이 읽지 말랬어.
그래, 니 마음대로 해.

언니를 이해하기 위해 가만히 이런저런 생각을 해본다.

M에게 회비를 돌려달라고 다시 말해봤는데 M은 덤덤하게 거절했다. M과 나는 어떤 사이인가.

밥을 차려주었는데 류서의 표정이 좋지 않았다.
왜.
바꿀래.
왜.
이모 것이 더 많잖아.

7월 18일 화요일

회사에서 여름휴가 얘기가 나왔다. 실수가 많지만 유쾌한 현선아 대리는 템플스테이를 하러 간다고 했다.

템플스테이를 왜 리조트에서 해요?

절에는 세 시간 정도씩만 갔다 오는 거예요.

그게 무슨 템플스테이예요.

아닌 건 아니잖아요.

말이야 막걸리야.

사람들이 웃었다. 나도 슬쩍 웃어보았다.

M의 친구가 올린 사진의 댓글은 전부 M과 나에 관한 것이었다. M의 친구의 친구들은 나를 몰랐기 때문에 모두들 즐겁게 나를 비웃을 수 있었다. 나는 그들이 남긴 댓글들을 K로부터 전해들었다.

술을 마신다. 어제도 마셨나? 그랬더라도 안 마실 수가 없다.

M에게 욕설 문자메시지를 보냈는데 답장이 없다. 나는 M의 성격에 대해 잘 알고 있다. M은 내가 이럴수록 나를 더 싫어하겠지만 나는 신중하기 싫었고, 또 보내고 또 보냈다. 아무 일 없었다는 듯 화해한 상태였지만 또다시 화가 나는 것을 참을 수가 없었다. 아침에 깨보니 답장이 하나 와 있었다.

네가 정말 싫어졌다.

내가 정말 싫다니…… 몹시 부끄럽고 이 나라를 뜨고 싶다는 생각도 든다. 하지만 이민은 아무나 하나?

나는 돈과 관련된 것이 아닌 감정적인 괴로움이 왔을 때 이런 의문이 들곤 한다. 내게 돈이 많았다 해도 지금처럼 괴로웠을까? 나의 많은 괴로움들은 돈으로부터 왔고 어느 정도의 괴로움들은 돈이 많았다면 쉽게 잊힐 만한 것들이었지만 나는 그 모든 것들에 맨몸으로 부딪혀야 했다. 게다가 그건 나만의 문제가 아니었고 나 혼자 해결할 수 있는 것도 아니었다.

집이 있었던 적이 있긴 했다. 엄청난 대출이 끼어 있었지만 집이 있었다. 내 집은 아니었지만 집이 있었다. 내 집이 있느냐 없느냐보단 엄마에게 집이 있느냐 없느냐 하는 게 더 큰 문제라는 생각이 든다.

엄만 어릴 때 어떻게 살았어?

엄마 또한 어쩔 수 있는 게 별로 없었을 것 같다. 우리는 궁지에 몰렸을 때 찾아오는 온정의 손길과 가족 간의 사랑으로 그간의 어려움을 지나왔다. 그러면서 대출을 끼고 샀던 집이 전세가 되고 월세가 되는 동안 주변으로부터 게으르다는 평을 받았다. 우리가 회사에서 어떤 일을 겪고 쫓겨났는지 어디가 아파서 얼마를 썼는지 대학을 졸업하기 위해 얼마의 빚을 졌는지는 몰랐지만 회사에서 겪었을 일은 참아야 했고 아프기 전에 조심했어야 했고 대학 같은 것은 포기했어야 했다고 말했다. 그리고 그후에도 두세 개씩 일을 하며 살았어야 남들 앞에서 당당하게 힘들다고 말할 수 있는 거라고 말이다.

원래 가난한 것들이 더 살찐다는 말을 면전에서 들은 적도 있다.

내 경우엔 맞는 말이라고 생각했지만 오래 기분이 나빴다.

7월 19일 수요일

이사를 했어?
D가 말했다.
벌써 몇 달 됐어요.
내가 도어록을 달아줄게.
괜찮아요.

내가 말했지만 그는 달아주겠다고 말했다. D의 아내가 되고 싶다는 생각이 들었지만 D에게는 부인이 있다.

언니는 류서가 두 살 때 이혼했다. 언니와 형부는 중학교 때부터 십 년 넘게 사귀던 사이여서 동네에서 유명했다. 형부는 아는 형의 가게에서 새우를 튀겼고 언니는 아는 언니의 가게에서 네일아트를 했다. 나는 언니가 결혼과 출산을 해봤다는 것이 자랑스러웠다.

7월 1일 토요일

아무도 오늘 칠월이 왔다는 걸 몰랐다. 유월 삼십일 아니냐고 했다.

일 년 중 반이 갔다는 것이 낯설게 느껴졌다.

7월 20일 목요일

꿈을 꾸었다. 아이가 넷이고 가난한데 행복한 모습이었다. 꿈이란 건 어떤 균형을 맞춰준다고 들었다. 열악한 환경에서 적은 돈을 받고 힘들게 일하는 외국인 노동자들이 꾼 꿈들을 인터뷰한 책을 보면 그들이 꾸는 행복한 꿈이 고된 현실과의 균형을 맞춰주는 것이라는……

네 꿈을 꾸었다.

M에게 이런 메시지가 와 있었다. 나는 거기서 어떤 모습이었을까?

말하자면 우리는, 아무때고 아무 말 없이 헤어지게 되어도 이상하지 않을 것 같다.

7월 28일 금요일

오늘은 시간이란 것에 대해 생각했다. 돈을 벌기 위한 노동을 제외하면 나는 보통 하루에 한 가지씩의 일만 했다. 퇴근을 하고 마트에 갔다가 저녁을 먹고 팩을 올려놓은 뒤 책을 읽거나 하지 못하고 오늘 마트에 갔으면 팩을 하거나 손톱을 정리하는 일은 다음으로 미뤘다.

칠월과 팔월처럼 감정적으로 큰일을 처리해야 할 때는 세 달씩 어떤 일을 미루기도 한다. 나는 한 달에 삼만원씩 넣는 청약통장에 가입하고 싶고 이만원 정도 한다는 실비보험에 가입하고 싶지만 칠월에 전입신고를 해야 하고 팔월에 일을 그만두게 될지도 몰라 구월로 미뤄두고 있다. 실제로 전입신고를 하는 일은 주민센터에 가 등본을 떼기까지 해도 삼십 분도 걸리지 않았다. 집에서 주민센터까지 걸어서 십 분도 안 걸리는데다 얼마나 기다리게 될지 모르는 게 싫어 아홉시 전에 도착하려고 일찍 집을 나섰기 때문이다. 그러니까 내겐 칠월엔 전입신고, 라는 것의 심리적 압박이 있었다. 이사를 했다는 것을 완전히 받아들이고 나서야 다른 일들을 할 수 있다. 아무래도 혼자 살아야 할까.

내 성격 이상하지?
M에게 물었다.
옛날부터 그랬어.

옛날부터 그랬다는 건…… 이상하다는 뜻이겠지?

혼자 늙어가는 상상을 한다.

7월 5일 수요일

엄마는 적어도 이틀에 한 번씩은 경찰이 출동해 어떤 사건들을 처리하는 모습을 본다고 한다. 엄마는 그동안 자살한 노인과 매 맞는 남편, 나이든 남자에게 끌려가는 여학생과 교복을 입고 운전대를 잡은 남학생들 등을 보았다고 했다.

류서도 저번에 여기 왔다가 그 할머니 떨어진 걸 같이 봤는데.

우리는 그런 장면들을 보면서 살아야만 한다.

그런 어떤…… 기분을 받아들이는 것은 쉽지 않았다. 나도 미래를 그려보고 싶었지만.

7월 31일 월요일

여름휴가지만 어제부터 엄마 집에서 강아지나 보다가 M과 함께 나의 방으로 왔다. 왠지 졸음이 쏟아져 자지 않으려고 커피를 마셨는데 낮잠을 자고 말았다. 하여간 내 뜻대로 되는 게 없다. 아깐 졸음이 쏟아지더니 이젠 오후 햇살이 쏟아져내린다. M과 나는 복숭아를 하나 깎아서 나눠 먹었다. M은 〈무간도〉를 재생시켰다.

볼륨 좀 줄여.

이 정도면 작은데 왜.

줄여야 돼.

괜찮아.

말했잖아, 아랫집 아저씨.

매미 소리도 이렇게 시끄러운데.

그래도 무섭단 말이야.

M은 볼륨을 조금 줄였다.

비가 오면 마음이 편해.

비 오는 게 좋아?

빗소리 때문에 다른 소리가 묻히니까.

응.

비가 많이 왔으면 좋겠다.

그래.

뭐, 할말 있어?

아니……

우리는 영화를 다 보고 피자를 먹었다. 나는 빨리 먹었고 M은 천천히 먹었다. 먼저 먹고 나서 나는 M이 피자를 먹는 모습을 바라봤다.

E한테 연락이 왔어.
응.
다시 만나기로 했어.

칠월엔 전입신고 말고 다른 일은 일어나지 않았으면 했다. 앞으로 내게 많은 불행한 일들이 예고되어 있다는 건 알았지만 내가 결정하고 싶었지 갑자기 통보받고 싶지는 않았다. 나는 내게 생길 일들을 노트에 적어두었고 그것에 대한 마음가짐을 준비하고 있었는데.

나가.

M은 방금 막 깨문 피자 조각을 내려놓고 일어났다. 나는 M을 잡고 싶었는데 그러지 못했다. 몇 시간을 먹다 만 피자만 보면서 멍하니 있다가,

걔 요즘 어떻게 지내?

K에게 문자메시지를 보냈다. K는 그와 SNS 친구여서 가끔 어떻게 지내는지 얘기해주곤 했다.

한국 욕하는 글을 엄청 많이 올려놨네. 캡처해서 보내줄까?

친절한 K.

사생활이 전혀 없는 다세대주택의 밤이 깊어간다. 나는 혼자서 시간을 보낼 줄 잘 모른다. 나는 이 년 안에 혼자서 시간을 보내는 법을 터득할 예정이었다. 나는 그런 걸 검색해보지 않고 직접 알아갈 예정이었다. 내게는 더 가난해질 일만 예고되어 있었으므로 가난하지만 좋은 사람이 되고 싶었고 돈 없이 즐거운 시간을 보낼 방법을 골똘히 궁리해보고 싶었다. 그러니까 나는 그 상상 속에 M을 그려넣었던 것인가?

나는 지금 무언가에 화가 나 있다.

나는 그때 류서에게 뭐라고 대답했으면 좋았을지 생각해보기로 했다.

정신을 차려보니 이모는 벌써 서른이 넘어 있었어. 이모는 향수나 버터 같은 걸 마음대로 살 수는 없지만 잠을 잘 수 있는 방세와 각종 공과금, 그리고 교통비와 통신비까지 스스로 내고 살아. 아무때나 와서 쉬다 가는 네 할머니 집 월세도, 병원비도 다 내 차지란다. 너 어디 커서 나만큼 사나보자.

전에 유서를 썼던 건 진짜 죽으려고 그랬던 건 아니었다.

어떨 때는 애틋함이 아니라 갈등만이 존재한다.

8월 1일 화요일

잠을 설쳤다. 잠을 푹 자고 싶을 땐 엄마 집으로 가면 좀 나은데, 하루 만에 또 가기도 그렇고…… 어떡하지, 망설이고 있다. 아주 가끔은 엄마 집에서도 잠이 오지 않을 때가 있다. 어떤 위로를 받으러 갔다가 아무것도 모르는 엄마와 우연히 싸우기 시작해서 결국엔 작정하고 온 사람처럼 엄마를 몰아세울 때도 있다. 그러면 울면서 다시 자취방으로 돌아와 혼자 술을 마시곤 했다. 추한 느낌이 들지만 그렇게 살아왔다. 나는 자주 무능력했다.

M이 떠나고 나는 한 가지 연습을 시작했다. 기계가 고장나 거래처로부터 새 기계를 받은 뒤 쓰던 기계를 택배로 부쳐달라는 부탁을 받았는데 알았다고 하고 그 일을 미룬 것이다.

휴가중인데 왜 그러세요라고 하지 않고 알았다고 했고, 며칠 후 안 왔다고 다시 전화가 오면 "아, 죄송해요. 부칠게요"라고 말할 것이다. 나는 거울을 보고 연습도 몇 번 해보았다. 죄송하지 않지만 죄송하다고 말하고 당장 부치지 않을 거지만 부치겠다고 말하는 것이다. 나에게도 거래처에도 좋은 일이 아닌데다 누군가에겐 까먹으면 일어나는 너무나도 별것 아닌 실수겠지만,

그렇지만 나는 일부러 실수를 하고 싶다. 할 수만 있다면 모든 것을 실수하고 싶다.

칠월엔 D를 우연히 만난 것 말곤 M 이외의 사람을 아무도 만나지 않았다. 아래층에 세 집이 산다고 하는데 아직 아무도 마주친 적이 없다. 나는 암에 걸린 집주인 아주머니에게 세 집에 대한 간략한 설명을 들은 적이 있는데 내 바로 아래층에 누가 사는지는 모른다.

그래서 제 아랫집에는 어떤 분이 사는 거예요?

그거를 잘 모르겠어. 이 집인지, 저 집인지.

네? 모른다구요?
아무튼 혹시 무슨 일 있으면 새벽에도 괜찮으니까 날 깨워요.

나는 그걸 어떻게 모를 수가 있는지 궁금했고 내 아랫집에 어떤 사람이 사는지 궁금했지만 집주인 아주머니도 모른다니 어쩔 도리가 없었고 새벽에도 괜찮다는 아주머니의 말이 안심이 되면서도 두려웠다. 어쨌든 새벽에도 무슨 일이 생길 수 있다는 것이니까.

웅이 이제 니가 키워.
엄마에게서 문자메시지가 왔다.

어떤 소설가는 한때 멀리 떨어진 곳에 대한 이야기를 듣는 걸 병적으로 좋아했다고 한다. 그를 만나게 된다면 농담을 절반쯤 섞어 내가 태어나고 자란 곳에 대해 얘기하고 싶다. 지금도 그가 그런 이야기를 좋아할지는 모르겠지만.

일상생활

1

지난여름 어느 날 뜬금없이 M이 겨울 일정을 물었고 나는 십이월 이십칠일부터라고 말했다.

음, 혹시, 일주일 정도 휴가 낼 수 없어?

아주 조심스럽게 물었는데도 M은 나의 신세한탄을 삼십 분 넘게 들어야 했고 그후 다툼이 있을 때마다 여행 취소 협박과 함께 이젠 차라리 외울 지경이었을 신세한탄을 다시 들어야 했다.

나 그냥 안 갈래. 여긴 월차나 그런 거 없어. 심지어 월급에서 뺀다고. 지금도 하루 벌어 하루를 살아. 평범한 하루가 아니라 가난한 하루!

이렇게 말하고 집에 돌아온 날이면 나는 운다. 혹시 M이 나를 떠나진 않을까, 그런 생각도 든다.

오전에 몇 차례 구토를 하고 울면서 겨우 화장을 한 뒤 출근을 했고, 저녁에는 집으로 돌아와 여행에서 신을 운동화를 구입했다. 자기 전에는 아무래도 내가 오래 못 살 것 같다는 생각을 했다. 나는 내가 나의 몸과 마음과 나로 이루어져 있다고 생각하고 그래서 내가 내 몸과 마음을 너무 힘들게 하는 것 같아서 그것들에게 많이 미안했다.

흠. 미안해.

미안하면 미안하다고 말하고 살 것이다.

2

근래에 나는 두 번 실수했다고 느낀 적이 있었는데 그중 한 번은 죽음을 앞둔 외할아버지에 관한 이야기를 하며 눈물을 참던 J에게 죽고 싶다고 말한 것이었다.

J는 나와 M을 연결해준 나의 오래된 친구인데 두 달 전 고향으

로 돌아왔다. 나도 오래 이곳에 살았으나 J가 돌아오기 다섯 달쯤 전 이사를 간 상태였다. 여기서 살다가 서울로 갔으니 잘된 것 같지만 사실은 더 싼 곳으로 갔을 뿐이다. 여기보다 서울이 더 싸다는 건, 집이 몹시 형편없다는 뜻이다. 나는 조선족인지 탈북자인지 하는 아랫집 아저씨에 대한 공포 때문에 이사를 가고도 계속 고향 엄마 집에서 지냈고 아무튼 꼬박꼬박 서울 집 월세만 내고 있다. 엄마도 곧 이사를 앞두고 있으니 몇 달 후면 꼼짝없이 그곳에서 살아야 한다.

가끔 거기서 잘 때도 물론 있다. 그때마다 아랫집 아저씨는 새벽에 찾아와 문을 두드리며 욕을 한다. 별 희한한 욕과 함께 개를 키우지 말라는 둥, 자신을 잡으러 온 것이냐는 둥 하는데 거의 뜬눈으로 밤을 지새운 뒤 다음날 출근을 하려고 문을 열 때면 문 앞이 똥 같은 걸로 엉망이 되어 있다거나, 숨어 있던 아저씨가 내 얼굴에 염산을 뿌리진 않을까 하는 걱정 때문에 오래 머뭇거리다가 나간다. 나는 개를 키우지 않고 당신을 잡으러 온 것도 아니라고 말하고 싶은데,

그는 아마 내 말을 믿지 않을 것이다.

이 생각이 내 공포의 실체다.

아무튼 청주에 살던 J가 돌아온 뒤로 우린 자주 만났다. J는 내가 하는 모든 얘기를 잘 들어주었다. 어느 정도냐면 아까 말했듯 죽음을 앞둔 외할아버지에 대한 이야기 다음에 내가 곧바로, "그런데 난 참 이상해. 난 정말 죽고 싶어"라고 해도 그저 고개를 끄덕였던 것이다. 그날 자기 전에 J는 할아버지를 보니 유서를 미리 써두긴 해야겠다고 말했다. 그건 내 올해 계획이기도 했다. 나는 매주 유서를 쓰기로 결심했다. 말하자면 "써두긴 해야겠다"와 "매주 쓸 것이다"만큼 우리는 다른 사람일 테지만.

사과나 감사는 늦어도 좋다는 말이 있다던데, 도저히 얼굴이 후끈거려 사과하기가 어렵다. 그래서 결국 못하겠다는 말인데……

미안하면 미안하다고 말하며 살겠다고 하지 않았어?

하긴 했는데……

이렇게 살지 말아야지 싶을 때면 생각나는 사람이 있다. 나는 몇 년 전에 후배에게 "그렇게 살지 말라"는 말을 들은 적이 있다. 그는 우리가 만났던 다음날 내게 메신저로 아주 자세히 자신의 기분을 설명해주었다. 나는 그를 이해할 수 없었고 배신감을 느꼈다. 그리고 그 말을 잊으려 노력했다.

우연히 비슷한 상황을 겪게 된 후에야 그를 조금 이해할 수 있게 되었다. 그래서 미안했지만 연락을 하지는 못했다. 그리고 미안함 뒤에 예상치 못한 의문 하나가 남았다. 내가 내가 아니었어도 그가 그런 말을 했을까? 나는 우리 둘 중 하나는 꼬여 있었다고 생각한다.

3

어제 새벽엔 A에게 문자메시지가 왔다. 다스는 누구 것이냐는 메시지였다. 나는 솔직하게 대답했고 그는 내 근황을 물어왔다. 안 좋은 일이 있어 힘들었다고 말했더니 그는 내게 무슨 일이 있었는지 자세하게 알고 싶어했다.

말하고 싶지 않아.
왜?
무의미하니까.
왜?

나는 더 대꾸하기가 싫었다. A는 내가 하는 거의 모든 말에 공감을 안 했었기 때문이다. 내가 했던 말이라는 건 나의 어린 시절, 나의 집안 분위기, 나의 경제 수준, 나의 미래, 그러니까 나의 슬픔에 관한 이야기였다. 그와 만날 때 끈질기게 그의 위로와 공감을 바라던 내 모습이 떠오른다. 설마 하는 마음으로 몇 번 더 이야길 했는데 그는 늘 그럴 때만 좀 차가워졌다. 나는 내가 슬플 때 그가 딱 한 번만 나를 안아줬으면 하고 바랐지만 마지막까지 그런 일은 없었다.

넌 나의 슬픔이나 기쁨보다는 다스의 진짜 주인을 궁금해하는 사람이야.

네 기억 속의 나는 그런 인간이구나. 슬프다.

그렇지만 그렇다는 게, 왜 슬픈 일일까?

왜?

나는 이제 A가 왜 슬픈지 너무 잘 알겠다. 이 정도가 너에겐 슬픔이구나. 나는 예전에 A 때문에 많이 슬펐지만 지금은 전혀 그렇지 않다. 그와 함께 있느니 혼자가 나을 것이라는 생각까지 했다. 아무튼 그때 나의 슬픔이 아련히 떠오르자 A가 지금 얼마만큼 슬플지 대충 예상이 되었다. 슬프다기보다는…… 외로울 거란 생각이 든다. 그가 그때 나를 어떻게 생각했었는지 왜 이제야 알 것 같을까.

그래서인지 사실 J는 그를 아주 싫어했다. 언젠가 술을 마시다 A 얘기가 나왔을 때였다. J가 A를 나쁘게 말하기에 내가 좀 감쌌더니 점점 화를 내며 '이 말까진 하고 싶지 않은데 할까 말까' 하는 제스처를 취했다. 내가 모르는 무언가가 있는 것 같았다. 나는 그것을 자세히 알고 싶지 않아서 황급히 말을 돌리며 J의 입을 막았다. 그러지 않았다면 그런 사실을 듣고도 A를 계속 만나는 내가 되었겠지.

어쩌다보면 A와 함께하던 동네엘 간다. 나는 한때 가족보다도 그를 사랑했었다. 버스정류장에서 내린 뒤 횡단보도를 건너 오 분쯤 걸으면 아주 좁은 골목이 나왔다. 그 골목 끝에 그의 집이 있었고 멀리서 그의 집이 보이면 나는 벌써부터 배가 아파왔다. 거기 슈퍼 아저씨 아주머니가 나에게 참 잘해주셨었는데. 그새 마음이 좀 풀어져 A가 슬퍼하지 않았으면 하는 마음이 들었고, 내가 겪은 일에 대한 건 아니었지만 이런저런 이야기를 길게도 보냈더니 답장이 왔다.

나 알뜰폰으로 바꿔서 긴 문자 못 봐.

알뜰폰은 긴 문자를 못 보나보다. 그럼 이번엔 내가 슬플 차례.

4

지난주 토요일엔 하루종일 엄청난 잠을 잤다. 여름인가? 큰마음을 먹고 산 퀸 사이즈 침대와 역시 큰마음을 먹고 산 전자파 차단 전기장판 속에서 나는 종일 잠을 잤다. 가능하다면 매일 잠만 자고 싶다.

엄마, 엄마는 내가 이럴 바엔 차라리 죽는 게 낫겠어, 아니면 아무것도 못하지만 살아 있는 것이 낫겠어?

왜 그래, 또. 당연히 살아 있어야지.

엄마는 그렇게 말했지만 내가 어쩔 수 없이 아무것도 못하게 되는 것이 아니라 그냥 아무것도 안 하고 있으면 차라리 나가 죽으라고 말할지도 모른다. 우리 엄만 그럴 사람은 아니지만, 그렇게 말을 안 하는 거지 싫긴 싫을 것이다.

소설을 쓰기가 싫어.

내가 말했더니,

일 안 하고 소설만 쓰고 싶다며.

M이 말했다.

나는 미친년처럼 웃었다. 아…… 어쩌지. 정말 웃겼다. 나는 내가 정반대의 말을 일주일 사이에 했다는 사실이, 그리고 그 두 말 모두 완전히 진심이라는 사실이 너무 웃겼다. 웃겨서 눈물이 조금

났다는 말에 M은 울지 말라고 말했다. 이렇게 웃어본 게 언제더라? 그 일이 있던 날도 나는 그들과 함께 웃고 있었겠지? 웃긴 웃다가…… 그런 일을 겪게 되었지.

5

M과 나는 어떤 일을 함께 겪게 되었다. 겪은 것이 아니고 겪게 된 것이었다.

6

나는 하루걸러 M에게 "너 때문이다"라고 저주를 퍼부었다가 다음날이면 "네가 더 힘들겠지"라며 M은 원치도 않는 위로를 하곤 했다. M은 내가 "너 때문이다"라고 말하면 "미안하다"고 했고 "네가 더 힘들겠지"라고 하면 "아니야"라고 했다. 나는 무엇도 M의 진심이 아니라고 생각한다. 그러는 동안 여름이 가고 가을이 왔다. 나는 일을 해야 했기 때문에 일종의 연기를 할 수밖에 없었고 연기력은 날로 향상되어 겉으로는 아무 문제가 없어 보였다.

M과는 헤어졌다가 다시 만났다. M을 보는 것이 너무 괴로웠다. 그날 M을 만나지 않았다면 그런 일을 겪지 않았을 텐데. 나는 내

분노가 향해야 할 곳이 사실은 어디인지, 너무 잘 알고 있다. 알고 있지만,

7

그 일이 각색되어 퍼진 뒤, 병원에 다니게 되었다. 의사는 내게 왜 그 일을 K나 가족에게 비밀로 하느냐고 물었고 나는 "창피하기도 하고…… 미안해서요"라고 대답했다. 나는 어쩐지 그 말을 하면서 울었고 의사는 안쓰러운 눈빛으로 나를 바라보았던 것 같다. 그리고 내게 남은 감정이 그 두 가지라는 사실에 조금 화를 냈던 것 같다.

병원을 나오는데 초겨울 햇살이 눈부셨다. 아…… 내가 그냥 이 햇살을 맞았다면 얼마나 좋았을까, 나는 생각했다. 치킨을 먹을 때도 그냥 치킨을 먹고 잠을 잘 때도 그냥 잠을 자는 거였으면 얼마나 좋았을까. 수연이 가장 좋아하는 커피를 사서 사무실로 돌아간다. 돌아버릴 것 같은데 일을 쉴 수가 없고 죽여버리고 싶은데 참아야 한다.

얼마 전부터 세 가지 모임을 시작했다. 모두 수연의 제안으로 시작한 모임이다. 수연은 직장 동료인데 오 년째 같이 일하고 있

는, 흡사 소나무와 같이 한결같은 사람이다. 수연은 내 진료 시간에 맞게 늘 자신의 스케줄을 조정해주고 있으며, 그 일 이후 일주일 동안 나 대신 일해줄 사람을 구해주었으며, 퇴근 후에 우리집에 들러 빵이나 우유를 사다주었다.

나는 당시 눈물이 매우 많았기 때문에 모임에 나간다는 것이 많이 망설여졌다. 모르는 사람 앞에서 울고 싶지 않았기 때문이다. 얼굴이 엉망으로 일그러지게, 나는 계속 울곤 했다. 괜찮은 척하다가도 자꾸만 울고 말았다. 아무튼 나는 그녀의 제안으로 세 가지 모임에 참석하게 되었는데, 하나는 모여서 자랑을 하는 월간 자랑이라는 모임이었고, 다른 하나는 요가 모임, 그리고 마지막 하나는 자신들도 처음 시도하는 모임이라고 했다.

8

첫번째 모임 장소는 한남동이었다. 내가 그 모임에서 술에 취해 울어버린 뒤 겨우 한마디를 내뱉은 에피소드는 얼마 전 『월간 윤종신』의 '한남동 이야기'라는 코너에 쓴 적이 있다. 물론 거기에서 화자가 운 이유가 진짜 내가 운 이유는 아니었다. 나는 그냥 내가 거기서 그러고 있었다는 사실이 슬펐다. 나는 아무 일도 없고 싶었다. 내가 언젠가 그 일을 우스갯소리로 쓸 날이 오긴 올까? 나는 그간의 많은 것들을 그런 방식으로 처리해왔는데 이번엔 자신이 없다. 나는 지금 아주 무기력하고 겁이 많은, 아주 재미없는 인간이 되어 있다.

고맙게도 월간 자랑이라는 모임은 꽤나 즐거운 모임이다. 몇 번 가진 않았지만 나는 거기서 자주 웃을 수 있었는데 특히 멤버들의 자랑이 뭔가 엉터리 같은 느낌을 주는 것이 좋았다. 놀라운 것은 단 몇 번의 모임 만에 자랑거리가 다 떨어져버렸다는 것이다. 나는 예전에 있었던 영광스러운 날들을 돌아보았으나 딱히 이거다 싶은 것을 찾기 어려웠다. 아마 월간 수치 같은 모임이 있었다면 지치지 않는 에너지로 수많은 에피소드를 말할 수 있었을 텐데.

나는 그 모임에서 유진이라는 사람과 가까워졌는데 유진은 알고 보니 나와 같은 대학을 나온 사람이었다. 그녀는 동양화를 전공했는데 키가 크고 잘 웃었으며 전직 대통령 성대모사에 특히 재능이 있었다. 그래서일까, 그녀는 자신이 대통령 성대모사에 재능이 있다는 자랑을 한 뒤 누가 시키기도 전에, 준비한 레퍼토리로 모두를 웃게 했다. 나는 유진이 좋았다. 월간 자랑에 다녀오면 얼마간 마음이 즐거웠다.

9

병원 치료와 함께 시작한 세 가지 모임 말고도 내게는 몇 가지 변화가 더 있었다. M과 먼 나라로 여행을 다녀왔으며 여행을 다녀오고부터 주 육 일 나가던 일을 주 오 일로 줄였다. 게다가 오 일 중 하루는 세 시간 정도만 일하도록 조율했다. 육 일 일해도 집 월세와 각종 대출금을 내고 나면 남는 건 오십만원뿐이어서 사 일 같은 오 일로 줄이면 어떻게 되는지 결과는 뻔했지만 그래도 그래야 살 것 같았다.

뭐든 하고 싶었고 뭐든 해야 했다. 그 여름 이후에도 시간은 흘렀다. 나는 하루에도 수십 번씩 급격한 감정 변화를 느끼며 하루하루를 보냈다.

10

어느새 연말이 다가왔고 M과 나는 샌프란시스코행 비행기에 올랐다. 아침부터 짙은 안개와 미세먼지 때문에 인천공항의 거의 모든 항공편의 이착륙이 지연되거나 취소되고 있었고 우리가 탄 비행기도 두 시간 지연 후 출발했다.

전날 친구와 새벽까지 술을 마신 M은 내가 어쩌고 있는지도 모

르고 비행기에 타자마자 잠들었다. 또다시 찾아온 그때의 기억에

일어나봐.

했더니 M은 눈을 가늘게 뜨고 왜? 라고 물은 뒤 약 이 초 후에 다시 눈을 감았다. 나는 다시 M을 깨웠고 M은 다시 눈을 뜬 뒤 고개를 두어 번 끄덕인 뒤 다시 눈을 감았다. 나는 M을 그냥 두기로 했다. 좀 기대고 싶은데 아무래도 나 혼자서 해결해야 할 문제인 것 같다. M은 깊은 잠에 빠진 듯했지만 귀신같이 기내식 시간에 눈을 번쩍 떴고, 우리는 두 번의 기내식을 먹은 뒤 현지 시각으로 오후 네시 반쯤 샌프란시스코에 도착했다.

나는 수십 번씩 찾아오는 괴로운 생각들과 싸우며 처음 해보는 장거리 비행과 영어 인터뷰에 대한 걱정도 했는데 어쩌면 이건 곧 해결될 작은 문제들에 불과했다.

사람이 태어나서 평범하게 살려면 필요한 것들이 생각보다 너무 많은 것 같다. 돈이나 영어 인터뷰 말고 다른 것들 말이다. 어쩌지? 나에게는 처음부터 그것들이 없었다. 있어야 할 것 같은 것들 전부 말이다. 나는 나를 스스로 보호해야 하는데 내가 나를 스스로 보호해야 한다는 것이 너무 어렵다. 이런 생각들을 하다가 비행기에서 네 번 구토를 했다.

11

그 일이 있었던 날 밤, 나는 혼자 있기가 힘들어 M을 찾았으나 M은 내게 와주지 않았다. M은 내게 못 온다거나 안 온다고는 말하지 않았지만 J에게 연락해보라고 말했다. 내가 죽고 싶다고 했는데도 끝내 내게 오지 않았다. 나는 혼자 울면서 밤을 지새웠다. 그런 날들이 하루는 아니었고…… 아마 서른 번은 넘을 것이다. 나는 서른 번 넘게 정말 죽고 싶었는데…… 왜 난.

12

그즈음엔 점차 심해지는 증상들 때문에 일상생활이 불가능할 정도였다. 나는 매일 울었고 매일 죽고 싶었다.

그러나 나는 사과했다. 미안해. 내가 잠시 미쳤었나봐. 미안해. 정말 미안해.

나는 종종 미쳐버리는 것 같았고
그후에 입장을 바꿔 오래 생각했다.

13

그렇게 나는 잠시 먼 곳으로 떠났다.

나는 먼 곳으로.
가고 싶지 않았는데 갔다.

나는 앞으로 정말 미안할 때만 미안하다고 말하고 살 것이다.

14

머리가 하얗게 센 남자는 어깨에 떨어진 비듬을 털며 우리를 동시에 인터뷰했고 내년엔 결혼을 해서 오라고 말했다. M과 나는 공항에서 한 시간 정도 떨어진 해변에 위치한 숙소로 이동했다. 나는 몹시 우울한 채로 어떤 꿈을 꾸는 것 같았다.

여행 둘째 날, M과 나는 수건 때문에 서울에 돌아가면 헤어지기로 했다.

수건.
수건 때문에.

사실은 무엇 때문이었을까.

헤어지기로 했지만 싸우지는 않았고 아울러 예정된 일정을 소화하기로 했다.

돌아올 수 없었으니까.

돌아올 수 있었다면 나는 돌아왔을 거고 나는 후회했을 것이다. 나는 거의 매번 후회를 한다.

그 일을 둘러싼 사람들 중 유일하게 M만이 후회라는 단어를 쓰지 않았다. M은 후회하지 않거나 후회한다고 말하지 않는 것이다. 나는 가끔 M이 후회하지 않는 사람인가 후회하지만 그렇다고 말하지 않는 사람인가 생각할 때가 있다.

아무튼 나는 여행 둘째 날 수건을 뒤로하고 밖으로 나섰다가 옷을 잘못 챙겨와도 한참 잘못 챙겨왔다는 것을 알게 되었다.

가을 날씨라고 하지 않았어?
응, 가을.

늦가을이잖아!

응?

우리는 서로에게 있어 노이로제 상태에 있는 지점들이 몇 군데씩 있다.

15

다섯시가 넘으면 날은 벌써 어둑해졌고 그래서 우리는 여섯시 전에 숙소로 돌아왔다. 화해를 해야 할까, 그냥 헤어져야 할까, 불편한 마음으로 앉아 있었고, M은 맥주를 마시면서 텔레비전을 보았다. 영어뿐이어서 어차피 나는 아무것도 알아듣지 못했다. 우린 지금 뭔가, 하고 있는데 메시지가 하나 왔다.

걔 이제 다 잊고 열심히 살 거래.

H였다.

그는 그 일을 잊고 싶어하는 것 같다.

나는 뒷목이 뻣뻣해지는 것을 느꼈고 헛구역질을 했다. M이 나를 뒤돌아본 뒤 내게 다가왔다. 나는 더럽고 이상한 것들을 뱉어냈다. M은 내 손을 주물러주었고 나는 잠시 후에 괜찮아졌다.

16

여행은 대체로 만족스러웠다. 짧게 갔다면 이별 위기를 겪고 감기에나 걸린 뒤 악몽을 꾸다가 돌아왔을 텐데 다행히 돌아오기 사흘 전부터는 아무 일 없이 즐거웠다. 하루에 몇 번, 당연하게도 그 생각이 들었고 하루쯤 악몽을 꾸긴 했다.

돌아왔다는 소식을 들은 J가 내게 가장 먼저 한 말은 "안 싸웠어?"였다. 우리는 수건 사건을 겪은 뒤 이제 정말 그러지 않기로 했다. 우리는 그 일이 있기 전으로 돌아갈 수가 없어…… 그렇게 참다가 수건 같은 걸로 싸우는 거잖아…… 출구 없는 대화가 오갔지만 살아 있다는 것만으로도 감사해야 했다. 트윈피크스에서 내가 무서워서 더는 못 올라가겠다고 했을 때, M은 내려오는 사람들이 있으니 조금만 더 올라가서 쉬자고 했지만 우리는 싸우지 않았다. M은 한 발도 더 못 갈 것 같은 내 공포심보다 내려오는 사람들을 더 배려하는 사람이구나, 하고 생각했을 뿐이었다. 아무튼 나는 M과 헤어지고 싶지 않은데, M은 어떤지 모르겠다.

17

여행을 다녀와서 K에게 선물을 내밀자 K가 놀라며 물었다.

오늘 무슨 날인가요?

아뇨. 왜요?

아무 날도 아닌데 선물을 주셔서요.

아, 여행을 다녀왔거든요.

아, 어디로요?

아, 샌프란시스코요.

와, 정말요?

네, 정말 가기 싫었는데 그냥 갔다 왔어요.

정말 가기 싫은데 그 먼 곳까지 가는 게 어딨어요.

K가 웃었다.

진짠데.

K와 나는 같이 웃었다. K는 나의 직장 동료인데 내가 어떤 일을 겪었는지는 모른다.

18

악몽을 꾸고 일어나 울지 않는다는 것만으로도 다행스러운 요며칠.

하루에 내가 몇 번이나 그 생각을 하는지 세어본다.

입장을 바꿔 다시 생각해본다.

나는 정말 미안할 때만 미안하다고 말하고 살 것이다.

19

수연은 내가 여행을 잘 다녀왔다고 하자 몹시 기뻐했다. 우리는 점심을 먹기 위해 분식집으로 갔다. 늘 그렇듯 수연은 비빔밥을 시켰고 나는 우동을 시켰다. 그리고 또 늘 그렇듯 이런저런 이야기를 나누었다. 이제는 울면서 이야길 해도 말만 잘한다. 나는 너무 잘 우는 내가 싫었지만 한두 번도 아닌 일이라 새삼스럽게 싫은 것이 그야말로 새삼스러웠다.

선물 사왔어요.

아니, 왜요.

장갑과 초콜릿, 나침반 무늬 컵받침, 그리고 동물원에서 산 늑대 모형이에요. 표정을 잘 봐주세요.

너무 좋아요.

언젠가 수연은 내게 고통스러운 기억이 떠오를 때면 주위에 있는 것들 중 가장 좋아하는 것을 보라고 말해준 적이 있었다. 우리는 그때 같이 차를 타고 이동중이었고 나는 주변을 둘러보다가 만둣집 간판을 본 뒤 "만두"라고 말했다. 나는 만두를 고른 내가 조금 싫었고 그러나 수연은 "좋아요, 만두 좋지요!" 하며 그런 나를 지지해주었다. 나는 동물원의 기념품 가게에서 행복한 표정의 늑대를 보았고 늑대의 표정을 보자마자 그 늑대가 수연에게 '주변을 둘러보았을 때 좋은 것들' 중 하나가 되어주길 바라는 마음으로 샀다.

20

모임에 다녀오면 거기서 느꼈던 것들을 J에게 털어놓는다. 우리는 대개 J의 집에서 만난다. 고양이 두 마리가 있는 J의 집. 우리는 늘 술을 마신다.

어젠 새 모임에 다녀왔어.

어떤?

어릴 적 사진을 한 장 가져가야 했어.

사진은 왜?

그 사진 속의 자신에게 말을 걸어보는 거야.

아, 난 못할 것 같아.

J는 어쩐지 울먹였다.

뭐지? 눈물이 날 것 같아!

J는 그러면서도 타코와사비를 향한 젓가락질을 멈추지 않았다.

야, 너 그걸 어떻게 했어?

그래서 못했지 뭐……

그날 점심을 먹으며 사진을 챙겨오라는 말에 나는 왜냐고 물었고 수연은 미리 말 안 하려고 했는데…… 하다가 말을 했었다.

사진을 보면서요?

나는 사진을 보지도 않았고 아직 사진 속의 나에게 말을 걸지도 않았는데 우동을 먹다가 이미 울었다. 이상한 일이었다. 나는 내가 어릴 적 사진을 보며 말을 걸 일이 있을 거라고 상상해본 적이 한 번도 없으며 그걸 상상하는 것만으로 눈물을 흘릴 거라고도 전혀 상상해본 적이 없었는데 말이다…… 그러나, 그런 걸 상상해본 적은 없었으나, 지금은 일상이 되었다.

어떤 일이든 일어날 수 있다.

그럴 수도 있다.

21

소설을 쓰기가 싫어.

일 안 하고 소설만 쓰고 싶다며.

뭐해.

배 먹어.

배 다 먹을 때까지 나랑 통화해줘.

하나 남았는데 천천히 먹어야겠다.

한겨울에 배를 먹는 M. M은 배를 천천히 먹겠다고 했다. 사실 우리는 또 헤어졌다가 다시 만났다. 그렇게 뻔한 일상에 감사하다고 해놓고 어쩐 일인지 아주 사소한 것에 마음을 닫곤 했다. 어쩌면 우리는 이미 닫힌 마음을 그 일로 인해 다시 열고 있는 것인지도 몰랐다. 아무튼 저번엔 정말 끝이라고 말했는데, J는 내 말을 믿지 않았다. J는 내가 M을 많이 사랑하고 있다는 것을 너무 잘 알고 있다고 했다. 진짜일까? 나는 잘 모르겠다.

겁내지 마.

J는 말했다. 헤어짐을 고하는 쪽은 언제나 나였다. 나는 가끔 모든 것으로부터 도망치고 싶었다. 처음엔 내 이별 통보를 그저 충동적인 마음이거나 튕기는 것으로 생각했을 M은 이번엔 내게 "이젠 좋은 관계에 익숙해져봐"라고 말했다.

어느 날 잠든 M의 얼굴을 바라보다가 나는 울었다.

M이 너무…… 지쳐 보였다.

나는 사실 M에게 많이 미안했다. 눈앞에 그날의 기억이 스칠 때마다 그러니까 하루에도 수십 번씩 M에게 미안했다.

22

오늘은 꿈 모임이 있다. 내게는 다섯번째 꿈 모임이다. 나는 이번 모임을 특히 기다려왔는데 일주일 동안 두 번이나 우산에 관련된 꿈을 꾸었기 때문이다. 비가 오지 않는데도 우산을 쓰고 걷는 꿈, 그리고 누군가와 만났을 때 비가 그쳐 우산을 접는 내가 나오는 꿈.

그러니까 나는 그가 그 일을 잊고 다시 열심히 살아보려 했을 때 무엇을 하고 있었나. 나도 내일이나 주말, 올해 같은 것을 기대하며 살 수 있을까.

23

오, 역시.

미미 언니는 늘 가장 먼저 온다. 언니는 내게 이 구역의 고양이들에게 주라며 집에서 챙겨온 간식들을 건네주었다.

고마워요, 언니.

인사를 하고 근처 슈퍼에서 귤 한 봉지를 사왔다. 돌아오다 보니 집 앞에 길고양이들이 마실 물이 놓여 있었다. 누군가 늘 물과 사료를 채워놓는다. 밖은 금방이라도 눈이 올 것 같은 날씨였다.

오늘 모임 장소는 우리집이다. 오후 두시, 사람들이 도착하기 시작한다. 이 모임에는 유진도 있고 수연도 있다. 유진은 꿈을 꾸고 나서 적는 것이 너무 귀찮다고 하면서도 늘 열심이었다. 멀리서도 일찍 오는 사람, 너무 바빠 늦게 오는 사람, 일찍 왔는데 헤매는 사람, 늦을 것 같은데 일찍 오는 사람, 근처에 살아서 갑자기 놀러온 사람, 매번 늦는데 오늘 다행히 모임 장소가 자기네 집인 사람이 모여 앉았다. 유진은 늦을 것 같은데 일찍 오는 사람이었다. 두시 반쯤 되자 작은 방이 꽉 찼고, 나는 우리들 모두가 이곳에 안전하게 도착했다는 사실이 기뻤다.

테이블에는 따뜻한 홍차가 놓여 있었고 홍차를 담은 잔은 모두 제각각이었다. 우리는 각자 모두 다른 자세와 말투로 이야길 나눴다. 혹시 아랫집 아저씨가 올라올지 몰라 목소리가 커지지 않게 조심하면서.

각자가 꾼 꿈들에 대해 듣고서 돌아가며 자신의 생각을 말하면 되는데 중요한 것은, 말하고 싶지 않은 것은 말하지 않아도 되고 서로에 대해 알든 모르든 판단을 하지 않는 것이다. 그 사실은 나를 무척이나 편안하게 했다. 우리는 웃기도 했고 울기도 했으며 어떤 상황에서는 약속이라도 한 듯이 웃음을 참으며 고개를 숙이기도 했다.

잠시 이야길 멈추고 쉬는 사이, 나는 부엌으로 가 다시 물을 끓이고 아침에 사두었던 식빵과 딸기잼을 접시에 담았다. M의 어머니가 직접 만든 딸기잼이었다. 순식간에 식빵이 사라졌고 스푼으로 딸기잼을 몇 번 퍼먹던 승은이 말했다.

저기, 짜장면 어떤가요.

좋지요. 제가 나가서 소주를 좀 사올게요.

수연이 말했고,

술에 취해도 절대 상대방을 판단하거나 그러면 안 돼요. 그럼 퇴출이에요!

미미 언니가 모두를 향해 당부했고,

그럼요, 그럼요!

모두가 동조했다.

수연이 술을 사러 밖으로 나갔고, 나는 몇 번 주문한 적이 있는 중국음식점에 전화를 걸어 짜장면과 깐풍기를 주문했다. 그사이 목소리가 큰 유진이 전 대통령 성대모사를 하며 너무 크게 웃는 바람에 미미 언니로부터 경고를 받았다.

우리는 있다가 가면 그만이지만 얘는 아니잖아.

미미 언니는 진지했다.

판단해서도 안 되고, 크게 떠들어서도 안 돼요!

다정하고 조용한 성격의 승은이 거들었다.

아, 미안해요, 정말.

유진이 웃음을 참으며 말했고 나는 내가 잘 우는 만큼 잘 웃는다는 사실을 알게 되었다.

사라진 것들 그리고 사라질 것들

살던 집을 정리하고 팔 개월 전 전남 장흥으로 내려간 조수영은 대선이 있고 난 다음날 동생 조지영이 죽었다는 연락을 받았다. 조수영은 남자친구와 단둘이 장례를 치르고 그를 먼저 내려보낸 뒤 조지영의 방을 정리하기 위해 경기도 김포에 있는 한 다세대주택으로 갔다. 조수영은 집주인에게 거짓말로 상황을 설명한 뒤 비상열쇠를 받아 조지영의 방에서 나흘간 머물렀는데 온몸이 가려워 한 이틀을 고생했다. 팔이나 다리뿐만 아니라 손바닥 같은 데까지 가려웠고 아무리 긁어도 시원하지 않았다.

조수영이 동생이 살던 방에 들어선 것은 저녁 여섯시가 넘어서였다. 들어서자마자 엄청난 고요가 느껴졌다. 방으로 들어가 불을 켜고 잠시 가만히 있었더니 어디선가 초침 소리가 들려왔고 그러자 조수영은 조금 안심이 됐다. 벽시계는 없었고 잡다한 물건들로 가득한 책상 위에 탁상시계가 있었다. 조수영이 준 것이었다. 조수영은 침대에 걸터앉았다. 새하얀 방이었다. 방에는 침대와 책장, 책상 하나와 책상보다 커다란 탁자 두 개, 이동식 옷걸이, 그리고 6호짜리 우체국 택배 상자 세 개가 있었다. 침대와 책장은 뭐라 할 것 없이 잘 정돈되어 있었지만 책상과 탁자 위에는 정리되지 않은 채로 셀 수 없이 많은 물건이 있었다. 오래된 렌즈 케이스나 클립, 고무줄 같은 것까지 있었는데 중요한 것은 없었다.

조지영은 어릴 때부터 그랬다. 모든 물건을 눈에 보이는 곳에 널어두고 살았다. 그러지 않으면 필요한 물건을 찾느라 많은 시간을 허비해야 했기 때문이다. 어머니와 조수영이 정리를 좀 하라고 해도 그때뿐이었다. 나중에는 어머니가 종종 정리를 해주기도 했는데 그럴 때마다 조지영은 미친 사람처럼 화를 냈다. 방이 이게 뭐냐고 물으면 담담한 목소리로 "방이 뭐 어때서"라고 대답했고 왜 정리를 하지 않느냐고 물으면 "불안해서"라고 대답했다. 아닌 게 아니라 그 방안에서 조지영은 편안해 보였고 필요한 것을 찾는 데 아무런 문제가 없어 보였다. 무언가 없어졌다면서 방을 뒤집어엎는다든가 하는 일은 오히려 어머니가 조지영의 방을 정리하고 나면 생기곤 했었다. 그에 반해 조수영은 가방 하나만 있으면 될 정도로 가지고 있는 물건이 없었다.

아마 조지영의 서랍에서 나온 클립 같은 것들은 이십오 년은 된 것일지도 몰랐다. 조지영에게는 늘 '추억상자'라고 불리는 상자들이 있었고 어머니와 조수영은 가끔 상자를 열어 물건들을 꺼내보면서 울던 조지영을 놀리곤 했었다. 조수영은 동생의 추억상자를 보면서 겨드랑이를 긁다가 손목을 긁었다.

열어봐야 할까.

조수영은 가슴 밑을 긁으며 생각했다. 가슴 밑을 긁다가 손목을 보니 피가 조금 맺혀 있었다. 남자친구에게 같이 오자고 할걸, 하는 후회가 잠깐 들었다.

사실 조지영은 오 개월 전에 개명했다. 어릴 때부터 '조지'라는 부분 때문에 놀림을 받아왔기 때문이었다. 하지만 조수영은 계속 조지영이라고 불렀다. 심지어 '조지나'는 어떠냐고 제안한 적도 있다. 조수영은 '조지나'의 '나'를 말할 때 물어보듯이 음정을 올렸었고 그때의 저녁식사 자리가 떠올라 몹시 괴로웠다. 조수영은 근처 편의점에 가 네 캔에 만원 하는 수입 맥주와 치즈볼을 사왔다. 치즈볼 봉지를 까자 구린내가 났다. 조수영은 동생의 추억상자를 열어 이것저것 꺼내보면서 혼잣말을 하며 맥주를 마셨다. 전부 쓸데없는 물건 같아 보이는데 왜 이런 것들을 모아왔을까.

술에 취해가던 조수영은 동생의 침대에 기대앉아 주방이랄 것도 없는 주방을 우두커니 바라보았다. 싱크대 아래 수납장과 벽에 붙은 선반은 모두 열려 있었다. 현관문을 잠그고 살긴 한 걸까? 조수영은 궁금했다. 같이 살 때 늘 방문을 닫아두고 지내면서 노크 없이 문을 열면 불같이 화를 내던 동생이었다.

선반에는 라면이나 즉석밥 같은 것이 많았다. 즉석밥을 꺼내보니 아직 유통기한이 칠 개월이나 남아 있었다. 칠 개월이라도 더 살았으면 얼마나 좋았을까. 조수영은 갑자기 울었다.

울면서 화장실에 가 오줌을 눈 조수영이 계속 울고 있는데 누군가가 문을 두드리며 뭐라고 말했다. 조수영은 바로 대답하지 못했는데 문을 두드리는 소리는 멈추지 않았다. 조수영은 대충 눈물을 닦고 문 가까이로 가 울먹이며 말했다.

누구세요.

경찰입니다.

네?

경찰입니다. 잠깐 문 좀 열어보세요.

시끄럽다는 이유로 아래층에서 경찰에 신고를 했다고 했다. 조수영은 상황을 설명했지만 아무튼 조용히 하겠다고 했다.

경찰이 가고 난 뒤 조수영은 다시 나가 소주를 세 병 사와 책장에서 발견한 호두와 함께 전부 먹고 잠들었다. 조수영은 중간에 잠시 깨 화장실에 가서 토를 두 번 하고 다시 잠들었는데 꿈에서 남자친구가 끓여주는 라면을 먹었다.

눈이 부셔 잠에서 깬 조수영은 휴대전화로 시간을 확인하고 다시 눈을 감았다. 햇살도 햇살인데다 새들이 엄청나게 지저귀고 있었는데 시간은 다섯시 사십사분. 두시 넘어서 잠든 것 같으니 세 시간 정도 잔 셈이었다. 조수영은 눈을 감았지만 다시 잠들지는 못했다.

여덟시가 조금 넘어 완전히 침대에서 일어난 조수영은 밖으로 나와 편의점에서 칫솔을 사고 생수를 사 마셨다.

여기 〈생활의 달인〉에 나온 유기농 빵집이 있다고 했었는데.

조수영은 금방 가게를 찾아 쌀로 만든 치즈식빵을 사고 돌아오는 길에 커피 한 잔을 샀다. 남자친구에게 전활 걸어 빵냄새가 너무 좋다고 말하자 그는 빵 향수를 팔면 좋겠다고 말했다. 조수영은 건성으로 웃었다. 빵냄새를 맡으면 뭐하니, 먹어야지. 대꾸도 해가면서. 조수영의 남자친구는 조지영을 실제로 본 적은 없었다.

몇 주째 나라를 뒤덮은 미세먼지 수치가 보통 수준을 나타내던 날이었다. 뉴스에서는 며칠째 새 대통령과 관련된 미담을 쏟아냈다. 사람들은 편안해 보였고 낙선한 후보의 현수막이 칠층 높이 건물에서 철거되었다.

저걸 이제야 떼네.

조수영은 슈퍼에서 종량제 쓰레기봉투를 샀고 그러자 이 세상에 오롯이 혼자인 기분이 들었다.

그리고 요즘 자신이 얼마나 행복했었는지를 떠올렸는데 그 모습이 슬로비디오처럼 조수영의 뇌리를 스쳤다. 요즘 일이 어찌나 잘 풀렸던지…… 여기저기서 많이 웃던 자신의 모습을 떠올렸다.

조수영은 동생의 방으로 돌아와 쓰레기봉투를 내려놓았다.

이거면 될까.

조수영은 생각했다.

그녀는 동생을 기억할 수 있는 가장 중요한 물건들만 챙기고 웬만한 것은 다 버리려고 마음먹은 상태였다. 추억상자 같은 것은 조지영의 추억이지 조수영의 추억은 아니었다. 조수영은 목 뒷덜미를 긁으며 잠시 생각에 잠겼다.

우선 큰 것들부터 정리해야겠다.

지영이 같으면 작은 것들부터 정리했을 거야, 그리고 아마 거의 모든 물건들이 추억상자로 들어갔겠지. 조수영은 생각했다. 그나마 열 개도 넘었던 상자들을 이사를 할 때마다 몇 개씩 줄인 상태였다.

우선 조금만 움직여도 삐거덕거리던 침대는 버리기로 했다. 책상, 탁자들, 책장…… 모두 버리기로 결정했다. 관할 시청에 가서 폐기물 스티커를 사온 다음 붙여서 내다놓아야 했다. 집에 뭐가 있는지 정확히는 몰랐지만 결정을 하고 오긴 했다. 영원히 간직할 지영이의 물건 몇 개만 가져가기로.

책장은 버리면 되는데, 책이 문제였다. 물론 책도 버릴 수는 있었다. 지정된 곳에 내다놓기만 하면 폐지를 주워가는 사람들이 많았다. 조지영의 다세대주택 바로 앞에도 재활용쓰레기를 내다놓는 곳이 있었다. 조수영은 동생의 책장을 바라보았다. 어림잡아도 오백 권은 넘어 보였다. 같이 살던 집을 정리할 때도 조지영은 책 정리에 심혈을 기울였다. 삼 주 동안 책 정리에만 매달린 끝에 가져갈 책, 완전히 버릴 책, 중고서점에 팔 책, 고민인 책으로 나눴다. 그녀는 책 한 권을 뽑아들고는 오래 바라본 다음 움직였다. 가끔 여기서 저기로 다시 옮겨지는 책도 있었다. 이렇게 분류를 마친 조지영은 고물상에 전활 걸어 이백육십 킬로그램의 책을 팔아 이만육천원을 벌었고 책을 팔기 위해 삼십 인치 트렁크를 끌고 무려 열네 번이나 종로에 위치한 중고서점엘 갔다. 조수영이 택시를 부르라고 했지만 조지영은 대중교통을 고집했다. 택시를 타면 많이 실을 수는 있지만 어차피 택시에서 내려 서점까지 들고 갈 수는 없었기 때문이다. 게다가 조지영에게는 트렁크를 끌고 시내에 나가 외국인인 척하는 취미가 있었다. 조지영이 그런 취미를 갖게 된 데는 두 번의 계기가 있었다.

조지영은 오래전에 군산으로 불편한 여행을 간 적이 있었다. 일박 이일의 여행을 마친 조지영은 돌아오는 길에 친구 나지영의 연락을 받고 그 집으로 갔다.

일박 이일인데 트렁크를 끌고 갔어?

응. 내 베개가 아니면 잠을 못 자니까……

수건은 숙소에 있잖아?

나지영은 조지영을 이해했지만 다는 이해하지 못했다.

수건도 내 수건을 써야 편해.

조지영은 하루 여행을 가면서 베개와 수건 네 장을 챙겼다. 씻은 몸을 닦을 수건과 베개에 깔고 잘 수건까지 챙겼기 때문인데 거기다 혹시 수건을 안 가져왔을 수도 있는 직장 동료를 위한 수건까지 해서 네 장이었다. 그렇게 챙기고 난 조지영의 마음은 완전히 편했다. 이왕 트렁크를 끌고 가기로 했으니까 이것저것 넣을 수 있는 것은 더 넣었던 조지영이었다. 조지영은 그날 밤 자기 방에서 자는 것처럼 달게 잘 수 있었으며 그러자 '이 상태라면 어디든 편하게 떠돌 수 있겠어'라는 생각이 들어 친구의 부름에 바로 응했던 것이다.

나지영이 만든 김치찌개와 잡곡밥을 먹은 조지영은 샤워를 하고 잠옷을 꺼내 입었다. 시간은 아직 저녁 전이었지만 그렇게 해야 편했다. 편한 차림의 조지영은 친구의 일상과 고민을 들었다.

다섯시쯤 되었을까. 조지영은 한 통의 전화를 받고 부리나케 옷을 갈아입었다. 잊고 있던 약속이 코앞이었다. 조지영은 얼마 전 좋아하는 작가의 팬 사인회에 갔다가 잠시 그 작가와 이야기를 나누게 되었는데 그가 다시 한번 만나자고 했던 것이다. 조지영은 당시 매우 행복했는데 막상 겁이 나서였는지 그가 약속을 취소해올 것이라고 생각했는지 아무튼 날짜를 까맣게 잊고 있었다.

약속 장소는 홍대였는데 버스를 타면 늦을 것 같아 조지영은 택시를 불렀다. 그때 갑자기 엄청난 비가 쏟아지기 시작했지만 조지영은 트렁크를 끌고 우산을 쓴 채 약속 장소로 갔다. 넓고 모던한 느낌의 노천카페에 그 작가가 앉아 있었다. 작가의 동료 작가들 몇도 함께였다. 그들은 트렁크를 끌고 온 조지영을 흥미롭게 바라보았다. 그녀가 왜 불편함을 감수하면서 일박 이일의 여행에 베개와 수건 여러 장을 넣고 다녀야지만 마음이 편한지 이야기하자 그들은 엄청난 공감을 해주면서 재미있는 친구라고 말해주었다. 조지영은 기분이 좋았다. 어릴 때부터 책을 좋아했던 그녀는 작가들과 이런저런 이야기를 나누며 즐거운 시간을 보냈다.

비는 그치지 않았고 조지영과 작가 일행은 근처 해물탕집으로 자리를 옮겼다. 무슨 모임을 하는 날이었는지 하나둘 사람들이 늘어갔고 우산을 쓰고도 옷이 전부 젖을 수밖에 없는 엄청난 빗속에서 작가의 일행은 돌아가며 조지영의 트렁크를 들어주기도 했다. 불편해서 가기 싫었던 조지영의 하루짜리 여행은, 사람들이 웬 트렁크냐고 물을 때마다 조지영을 재미있는 친구로 만들어준 여행이 되었다. 그녀는 그 이야기를 반복해서 하게 되었고 그러자 나중에는 점점 더 재미있게 말할 수 있게 되었다. 그날 시간이 늦어 한 작가의 집으로 자리를 옮겼을 때 조지영은 또다시 베개를 꺼내 편안히 잠들 수 있었는데 그녀가 베개를 꺼낼 때 모두가 웃었음은 더 말할 필요가 없었다.

그후 트렁크의 손잡이는 부서졌지만 조지영은 그 트렁크를 버리지 않았다. 그해 여름에 조지영은 종로에 있는 중고서점에 책을 팔기 위해 트렁크 가득 책을 넣어 집을 나섰다. 문제는 샌들이었는데 '오늘까지만 신고 버리자'라는 마음으로 그만 그걸 신고 나온 것이다.

폭염이었고 조지영은 나오자마자 발이 몹시 아프다는 것을 알게 되었다. 하지만 다시 집으로 돌아가 신발을 갈아 신지는 않았다. 참을 수 있을 것 같기도 했고 '오늘까지만 신고 버리자'라는 결심을 바꾸기 싫었던 것이다.

조지영의 뒤꿈치는 점점 까졌고 발바닥에도 물집이 잡히기 시작했다. 잘못된 선택을 하는 날은 계속 잘못된 선택만 하는지 버스를 타고 가던 조지영은 하필 평소에 잘 이용하지 않는 발산역에서 내렸다. 송정역에는 에스컬레이터가 있는데 어쩐지 한 정거장을 더 가서 내려버린 것이다. 조지영은 바보 같은 자신을 탓하고 발을 절면서 천천히 트렁크를 끌었다. 발산역은 계단이 많아서 특히 고생했다. 트렁크를 거의 통째로 들어야 했기 때문이다. 계단은 겨우 지났지만 지하철을 타기까지 오래 걸어야 했다.

조지영이 발을 절며 가고 있는데 사람들의 시선이 느껴졌다. 그리고 결국 젊은 남자가 다가와 조지영에게 말했다.

도와드릴까요.

조지영은 기분이 좋았고 마음놓고 발을 절며 남자를 따라 걸었다. 남자는 걸음이 느려진 조지영을 가끔 뒤돌아보며 속도를 맞춰주었다.

그 남자는 승강장에서 트렁크를 넘겨준 뒤 사라졌다. 조지영은 어쩐지 당당하게 발을 절어야겠다고 생각했다. 자신이 발을 저는 것은 샌들 때문에 생긴 물집이 아닌 걸로 하고 싶었고 그래서 샌들을 꺾어 신거나 하지 않고 계속해서 스트랩이 물집에 닿는 것을 묵묵히 견뎠다.

종로3가역엔 사람이 많았다. 조지영은 아픈 표정을 지으면서 천천히 걸었다. 얼마 안 가 또 한 남자가 그녀에게 말을 걸었다.

제가 도와드릴게요.

남자는 트렁크의 손잡이를 빼들었다.

고장난 손잡이는 맥없이 빠져나왔고 남자는 당황하며 조지영에게 사과했다. 조지영은 괜찮다고 말했다. 원래 고장난 것이라고 말하지 않고 괜찮다고 말했다.

조수영은 조지영의 이런 일들로 인한 기분을 몰랐기 때문에 동생이 그저 약간 엉뚱하고 가끔 미련하다고만 생각해왔다. 그래서 이해할 수 없었다. 조지영이 왜 스스로 목숨을 끊었는지를 말이다. 조수영이 볼 때 조지영은 나름 보통의 인간 같았다. 언뜻 보면 그저 평범하다고도 할 수 있는…… 조금 예민하고 조금 나약하지만 현대인들은 다들 그런 면이 있으니까. 조수영은 조지영이 남긴 책들을 전부 버리기로 했다.

무언가를 버리는 것을 잘했던 언니 조수영과 달리 조지영은 버리는 것을 극도로 싫어했다. 그러면서 동시에 '왜 나는 이것들을 버리지 못하는가'라는 생각을 하는 데 많은 시간을 썼다. 조지영은 '마음은 따뜻하지만 무언가를 잘 버리는 사람'이 되고 싶었다.

조지영은 서른두 살이 되던 해에 두 가지 결심을 했다. 첫번째는 매일 일기를 쓰는 것이었고 두번째는 거의 모든 것을 버리는 것이었다. 조지영은 자기 자신을 잘 알았고 그래서 당장 모든 것을 버릴 생각은 없었다. 그저 '올해 안에 버리자' 정도였다. 기억은 남기되 물건들은 버리는 것, 버리고 나서도 기억나는 것들만 기억할 것, 그리고 조금씩 달라질 자신을 기록하는 것이 조지영의 바람이었다. 아닌 게 아니라 조지영은 기억력 같은 것은 아주 약한 편이었다. 어쩌면 그래서 작은 물건조차도 못 버리는 걸지도 몰랐다. 물건을 보면 그것을 둘러싼 기억들이 아주 잘 살아났기 때문이다.

조수영은 책장에서 발견한 동생의 일기장을 펼쳐들었다. 너의 일기장은 책처럼 생겼구나. 조수영은 지난 연말 조지영과 주고받은 문자메시지를 떠올렸다.

언니, 너무 예쁜 일기장이 있는데 어때?

?

민트색하고 오렌지색 중에 골라봐. 둘 다 샀어, 하나 줄게.

ㄴㄴ

조수영도 이십대 초반까지는 다이어리를 쓰긴 했었다.

조지영의 일기는 사월 십일에서 멈춰 있었다. 며칠 후, 조지영은 밀린 일기를 쓰는 것을 포기했다. 몰아서 쓰다보니 이미 일기가 아니게 되어 무의미하다고 생각하긴 했다. 자기 자신에게 조금 실망한 조지영은 생각했다.

그래, 더 중요한 걸 하자.

추억상자를 정리하기 위해서는 많은 시간이 필요했다. 그렇다고 일을 그만둘 순 없었는데 얼마 전 조지영이 일하는 학원이 문을 닫았다. 조지영은 밥벌이를 한다기보다는 단순히 생존만 하고 있다고 봐야 했기 때문에 당장 새 일자리를 알아봐야 했다. 월세를 내고 난 다음 학자금 대출, 차비, 통신비, 생필품과 쌀 같은 것을 사고 나면 남는 돈이 별로 없었다. 조지영의 두 달 전 통장 잔고는 백오원이었다. 일을 할 때 학원에는 오후 두시까지만 출근하면 되어서 일곱시쯤 일어나는 조지영에게는 나름의 시간이 있었지만 그 시간을 다른 일을 하는 데 쓰고 싶진 않았다. 조지영은 그 시간에 학원에 가기 위한 준비를 했다. 다만 그것은 수업 준비 같은 것은 아니었고 '이따가 학원에 출근해야 한다'는 마음을 먹는 일이었다. 조지영은 사 년 전 작은 학원의 사회 선생이 되었고 일은 적성에 잘 맞았으나 최근에는 탄핵이나 대선에조차 무관심해 초등학생들의 질문에도 잘 대답하지 못했다. 다행히 질문을 역으로 하거나 '그렇게 생각할 수 있다'고 말하면서 위기를 모면해왔지만 일을 더 할 수는 없을 것 같다고 스스로 생각해오던 참이었다.

조지영이 처음 학원에 들어갔을 때는 조지영을 포함해 총 일곱 명의 선생이 있었다. 조지영은 국어 과목을 가르치는 한효진과 친했다. 한효진은 조지영보다 네 살이 많았는데 친했다기보다는 조지영이 한효진을 따랐다고 볼 수 있다(따랐고 기댔다고 볼 수 있다). 조지영은 자신이 한효진에게 점점 더 많이 기댄다는 것을 인식한 뒤로 그것을 좀 자제해보려 노력했으나 잘 되지 않았다. 오히려 그 사실은 조지영을 더 괴롭게 했다. 꼭 언젠가는 이런 말을 듣게 될 것 같았다. 선생님, 저 선생님 좀 불편해요.

영어를 가르치는 문미영과는 사이가 좋지 않았다. 좋지 않다기보다는 조지영이 문미영에 대한 자신의 감정을 잘 처리하지 못하는 것이 문제였다. 때문에 조지영은 문미영에게 먼저 말을 건 적도 없거니와 걸어오는 말에도 건성으로 대꾸했다. 문미영도 처음에는 조지영에게 얘기 좀 하자고 하면서 풀어보려 했지만(뭐가 꼬였는지는 몰라도) 나중에는 포기하게 되었다. 문미영이 특히 가깝게 지내는 사람 역시 한효진이었기 때문에 조지영은 문미영을 더욱 의식하며 불편해했는데 다행히 한효진이 중간에서 둘을 대수롭지 않게 대해 조지영이 왕따처럼 되거나 하지는 않았다. 사실 그건 한효진이 엄청난 노력을 하는 것이었는데 조지영은 한효진의 성격이 원래 그렇다고 생각했다.

학원의 영어 선생은 둘이었는데 한 명은 문미영이었고 다른 한 명은 김미영이었다. 문미영은 아주 적극적인 스타일로 선생들의 리더 격이라고 보면 맞았다. 예쁘고 목소리가 밝았으며 유머 감각이 뛰어났고 제스처도 화려했다. 조지영이 가장 부러워하고 싫어하는 유형이었다. 상대의 속마음도 모른 채 거리낌없이 사람들을 대하는 것이 부럽고 싫었다. 어느 쪽에 더 가깝냐고 물으면 조지영은 부러움 쪽에 손을 들었을 것이다. 부러웠지만 조지영은 그런 인간이 아니었고 밝은 문미영의 모습을 매일 보면서 상처받았다. 그래도 조지영은 그런 면에서 자신의 감정에 솔직할 줄은 알았다. 오전 시간을 거의 그런 유의 생각들을 하면서 보냈기 때문이다.

조지영은 어머니와 언니와 같이 살 때 둘로부터 이런 질문을 많이 받았었다.

생각해?

그리고 조지영이 어머니와 언니에게 가장 많이 한 질문은 이것이었다.

괜찮아?

조지영의 어머니와 언니 조수영은 둘 다 이혼을 한 경험이 있었다. 조수영의 직업은 웨딩플래너였다. 이혼 후 마음을 추스를 시간도 없이 예식장으로 출근하는 언니를 보며 조지영은 물었던 것이다(어머니에게는 아무때나 툭툭 자주 물었다). 조지영이 그런 질문을 계속 한 것은 누구도 속시원히 대답해주지 않았기 때문이었는데 인터넷에서 넬슨 만델라도 이혼을 했다는 글을 읽은 후론 묻지 않았다.

조지영은 아마 영어나 수학 선생은 못 되었을 것이다. 조지영이 중요하다고 생각하는 것은 늘 따로 있었다.

조지영의 최근 일이 년 사이의 관심사는 타인의 마음에 대한 것이었는데 그것은 조지영이 알 수도 없는 것이었거니와, 안다고 해도 통제할 수 있는 것이 아니었다. 그래서 그녀는 지쳐갔는데 아무것도 그만둘 수 있는 것은 없었고 그만두면 그만두는 대로 또 걱정거리가 생겨났다. 조지영의 일상은 아무튼 계속 흘러가야 했다. 멈춰 있을 수는 없었다. 여러 경우에 이렇게 생각하면 좀 편했다.

1. 출근을 할 때는 '나는 봉사활동을 하러 간다.' (조지영은 실제로 소액이나마 기부를 하는 곳들이 있었고 봉사활동을 하고 싶어했다.)

2. 싫은 사람을 만나야 할 때는 '나는 배우이고 작품을 찍으러 간다.' (조지영은 내향적이었지만 마음속 깊은 곳엔 이런 욕망도 있었다.)

3. 운동을 하기 싫은데 해야 할 때는 '나는 김연아다.' (이것도 연기의 일종이었다.)

4. 어떤 식으로든 이별을 하거나 친구들과 멀어지는 것 같으면 '그 사람은 죽었다.' (다른 설명이 필요 없음.)

5. 자기 자신이 싫을 때는…… 조지영은 자기 자신이 싫을 때는 어떻게 해야 할지 잘 몰랐다. 그래서 그냥 싫어했다. 누구든 자기 자신을 싫어할 순 있다. 하지만 그걸 타인에게 말해서 좋을 게 없다는 걸 그녀는 몰랐다.

조지영은 수업을 엉터리로 마친 어느 토요일 오후 한효진에게 술을 한잔 하자고 제안했다. 한효진은 시계를 보더니 열시쯤 약속이 있다면서 그전까지는 괜찮다고 말했다. 어휴, 열시까지면 충분하죠. 조지영은 말했다. 조지영은 그다음날 한효진에게 여러 개의 문자메시지를 받았고 수치심을 견디기 어려워 고민하다가 안정아에게 연락했다.

조지영에게는 안정아라는 친구가 있었다. 안정아는 조지영의 몇 안 되는 친구 중 하나였는데 독실한 기독교 신자였다. 조지영이 종종 사회생활과 인간관계에 어려움을 느끼면서 자책의 수면 아래 있을 때, 안정아는 늘 조지영을 따뜻하게 위로했다. 그러나 조지영은 그런 안정아를 개독이라고 욕하면서 연락이 와도 답장을 하지 않았다. 안정아의 마음은 고마웠지만 태어나고 살아가는 그 모든 것이 하나님의 뜻이라는 것을 받아들일 수 없었다. 모든 것은 말 그대로 모든 것이었고 조지영은 순간순간 일어나는 일들과 어렵게 내린 자신의 선택, 그로 인해 느껴지는 수많은 감정들이 모두 남의(신의) 뜻이라는 것이 싫었다. 이를테면 모든 것이 정해져 있다는 생각이 들어 억울했던 것이다.

하지만 조지영은 결국 안정아를 찾고 말았다. 그건 한효진이 술을 마신 다음날 조지영에게 보낸 문자메시지의 요지가 '조선생님 어제 너무 우스웠고 앞으로는 그렇게 살지 말라'는 것이었기 때문이다. 조지영은 한효진과 술을 마시던 중 열시를 넘겼고 약속 시간에 늦지 않게 등장한, 소설을 쓴다는 한효진의 후배들을 따라 작가들의 모임까지 간 것만 기억했다. 거기서 조지영은 과연 어떤 얘기들을 했을까? 가방 안에는 젓가락 한 개와 오프너, 라이터 세 개가 들어 있었고 조지영은 그걸 책상 위에 놓았다.

조지영의 연락을 받은 안정아는 '안 그래도 늘 네 걱정을 하고 있었어. 이달 말에 우리 교회에서 하는 태신자 초정 잔치에 와'라는 답장을 보내주었다. '세상에서 가장 소중한 당신과 함께하는 씨들의 축제' '당신은 하나님이 택하신 거룩한 자녀입니다'라는 글귀가 적힌 (초대장을 찍은) MMS가 같이 왔다. 그렇게 시작된 조지영의 신앙생활은 의외로 길게 이어졌다.

그 계기는 한효진의 퇴사였는데, 조지영이 한효진과 불편해져서 학원 일을 그만두겠다고 말하려던 월요일, 한효진이 무단결근을 하더니 소설가가 되겠다며 학원을 그만두겠다 말해온 것이었다. 그 일을 계기로 조지영은 '그래, 한 번만 믿어보자' 하는 마음으로 꾸준히 교회를 나갔고 어쩌다가 청년들을 주축으로 한 모임의 리더가 되고 마는데…… 교회 사람들은 그녀를 아주 따뜻하게 대해주었고 그런 그들의 제안을 대놓고 거절할 수 없어서 그만 리

더 자리를 승낙하고 말았던 것이다. 편안했던 조지영의 마음은 리더가 되면서 조금씩 조금씩 불편해졌다. 하나님을 믿고 싶었지만 믿지 않았기 때문이다. 그후로 조지영은 매일같이 고민을 하며 혼자 술을 마시기 시작했다.

그러니까 조지영은 사랑을 주고받는 게 어떤 것인지 몰랐고 그렇다면 사랑을 일단 받아보고 싶었다.

조지영은 어떤 것을 책임질 수 없었지만 언젠가는 그래보고도 싶었다.

조지영이 거의 매일 술을 마시게 된 것이 그리 놀랄 일도 아닌 것이 그녀는 원래 술을 잘 마셨다. 게다가 이제 가기 싫은 날은 교회에 가지 않거나 모임도 미루기 일쑤여서 일요일이라고 일찍 일어나지 않았기 때문이다. 술을 마시고 울면 기분이 좋아졌다. 다행히 아주 많이 마시지는 않았지만 거의 매일 마신다는 것이 문제였다. 거의 집에서 혼자 마셨는데, 가끔은 '혼술'이라고 검색해서 나오는 술집을 찾아가기도 했다. 물론 그런 경우는 몇 번뿐이었지만. 언젠가 한번 그 술집에서 맥주를 마시던 조지영은 갑자기 눈물이 나 엎드려버렸고 그후로 오랫동안 일어나지 못했던 적이 있었다. 조지영은 그즈음 가방 같은 것을 들고 버스를 기다리다가 갑자기 가방을 떨어뜨리거나, 눈으로 보고 가면서도 갑자기 층계를 두 칸 내려가는 바람에 발목을 삐고는 했다. 치매인가 싶어 맥줏집 사장 아저씨에게 말했다가 아저씨가 '요즘 뭐 힘들어?'라고 묻는 바람에 또다시 엎드려버린 적이 있다.

조지영뿐만 아니라 어머니나 조수영도 역시 술을 잘 마셨다. 조수영은 조지영의 일기장에서 그녀가 학원이 문을 닫은 바로 다음날 알코올중독 모임에 다녀온 것을 확인했다. 너도 노력이란 걸 했구나 싶어 조수영은 목이 멨다. 알코올중독 모임은 사월 이십구일, 광흥창역에서 여섯 명이 모였다는 메모가 있었다. '지는 팀만 응원하는 사람, 일부러 살찐 사람, 냄새를 못 맡는 사람, 잘 우는 여자, 불륜 전문가, 사라진 사람 그리고 사라질 사람' 조수영은 저 일곱 명 중에 누가 동생인지 오래 생각했다. 그리고 조지영이 자신을 뺀 뒤 여섯 명이라고 적어놓은 것은 아닐까 생각했다.

말을 안 해서 그렇지 조수영도 삶에 어려움이 많았다. 기본적으로 둘에게는 어릴 때부터 공유한 좆같은 경험들이 많았다. 하지만 우린 그 안에서 나름 잘 자라왔고 비슷한 인간들이 아니었니? 무엇이 널 죽게 만들었지? 어떤 면에선 네가 나보다 낫지 않나. 넌 나를 어떻게 생각했을까. 조수영은 이런저런 생각을 하다 문득 팔개월 전 조지영이 소리를 지른 날을 떠올렸다. 조지영의 "언니, 난

도대체 왜 이런지 모르겠다. 힘들다"라는 말에 조수영은 "다 그래"라고 대답했고 그러자 조지영은 소리를 질렀다. 전부터 조지영이 힘들다고 하면 조수영의 대답은 거의 대부분 같았다. "다 그래. 요즘엔 다 힘들잖니."

응……? 내 말이 틀려……?

조수영은 아주 오래 울었다.

조지영이 가장 견딜 수 없었던 것은 한효진에게 자신의 아버지와 어머니가 왜 죽었는지 말했다는 사실이었다. 그리고 한효진이 그걸 소설에 쓰지는 않을까 하는 생각이 들 때면 금방이라도 미칠 것 같았다. 조지영은 이런 것까지 조수영에게 말하지는 못했다. 그저 어떤 아픔이나 불안을 속으로 삼킬 줄 모르는, 입 싸고 나약한 자신을 자책할 뿐이었다.

갑자기 시간이 흐른 것 같았다. 시계를 보니 어느새 오후 두시. 조수영은 생각했다. 하루가 더 필요할 것 같아.

조수영은 배가 고프지 않았지만 배달 앱을 통해 짜장면을 주문해 먹었다. 이것은 어쩌면 지영이는 이사를…… 간 것이니까.

짜장면을 먹다 말고 조수영은 울었다. 그녀는 자꾸 울었다. 오월 십일 전까지 조수영이 태어나서 운 것은 기껏해야 열 번도 안 되었다.

양파 조각 두 개, 아주 얇게 썬 단무지 여덟 조각, 자잘한 짜장 소스까지 조금도 남기지 않고 다 먹은 것은 힘을 내기 위해서였다. 조수영은 어쩐지 쓰러질 것 같았고 '정신을 차려야 한다'는 생각을 했다. 그녀는 아침에 들른 커피 가게에 가서 아이스 아메리카노를 사마셨다. 그리고 담배를 피웠다.

다시 조지영의 방으로 들어온 조수영은 옷장을 열었다. 옷장에는 검은 옷 몇 벌과 가방 세 개가 있었다. 조지영은 최근 칠 개월 사이에 십사 킬로그램이 늘어 새로 산 몇 벌의 옷만 입고 다녔는데, 전부 검은색이었다. 그리고 조지영은 어릴 때부터 큰 가방을 들고 다녔는데, 나중에는 가방 두 개, 그다음에는 가방을 세 개씩 들고 다녔다. 그것은 누구에게 피해를 주는 일은 아니었고 그저 조지영만 힘들 뿐이었다. 조지영의 가방이 늘어나는 것을 보면서 예전에 어머니는 이런 말을 한 적이 있었다. 내 트렁크 줄까?

조수영은 조지영의 가방들을 꺼냈다. 조지영은 파우치가 두 개였는데 그중 하나에는 오프너나 커피믹스, 손톱깎이 등 혹시 필요할지도 모를 것들까지 들어 있었다. 그리고 휴대용 칫솔 치약 세트도 학원에 두고 다니면 될 것을 매일 가지고 다녔다. 토요일이면 자리를 완전히 정리하고 퇴근했는데 누구의 자리도 아닌 것처럼 전부 집으로 싸가지고 왔고 월요일이 되면 다시 가져갔다(컵이나, 두었다가 다음에 먹어도 되는 간식 같은 것까지). 일요일에 먹을 것도 아니면서 자리를 전부 정리해 일단 가져오는 것이다. 조지영은 가끔 학원이 아닌 곳에서 수업 준비를 하곤 했는데 그런 날이면 노트북과 도시락 등이 추가되어 가방은 더욱 무거워졌다. 가방은 무거워졌지만 마음은 편했다. 모든 것이 곁에 있었기 때문이다.

조수영은 팔다리를 긁으면서 크고 튼튼해 보이는 가방을 하나 곁으로 끌어왔다. 여기다가 넣어 가자. 그것은 흰 바탕에 붉고 큰 꽃이 가득 그려진 네모난 가방이었다. 조지영이 봄여름에 애용하던. 그 남자가 사준.

조지영은 그 남자와 이 년간 비밀 연애를 했다. 그 남자는 그녀가 일하던 학원 상가 같은 층에 위치한 실용음악학원의 기타 강사 김성현이었다. 조지영보다 네 살이 많아 한효진과는 동갑이었기 때문에 둘은 어느 순간부터 친구처럼 지냈다.

조지영이 일 년쯤 일했을 때, 학원으로 한 남자가 떡을 들고 들어왔다. 그 떡을 받은 게 조지영이었다. 당시 조지영은 기타나 드럼을 배우고 싶어했던데다 전에 보컬과 기타를 전문으로 하는 학원에서 데스크 업무를 본 적이 있어 어느 정도 분위기는 알고 있었다.

어느 토요일, 조지영의 보강 수업에는 단 두 명이 출석했다. 두 명의 학생들은 어쩐지 조지영을 무시하는 것 같았는데, 그게 사실이 아니더라도 어쨌든 따분해하는 것은 맞았다. 수업을 마치고 그녀는 김성현이 일하는 학원으로 갔다. 학원에는 김성현 혼자였고 기타를 치고 있었다.

드럼을 배우고 싶어서요.

아, 드럼 어려워요. 되게 어려우실 거예요. 이, 드럼이, 아무튼 되게 어렵거든요. 아무나 못해요.

기타도 배우고 싶기도 한데, 같이 하면 할인 같은 거 있어요?

이 동네가 워낙 그래서요, 이미 수강료가 엄청 싸요.

아, 두 개 배워도 그대로인 거예요?

네.

조지영이 바란 것은 '두 과목을 같이 수강하면 (만원이라도) 할인해준다'는 말과 '드럼이 어려운 것 같아도 천천히 하면 누구나 할 수 있다'라는 말이었다.

그녀는 더 생각해본다고 하고 집으로 가면서 모든 흥미를 잃어버렸다. 게다가 좁은 레슨실에는 에어컨도 없었다. 좁은 공간에서 땀을 흘리며 버벅거리고 있을 자신의 모습을 상상하니 짜증이 났다. 실용음악학원의 강사로서 김성현이 잘못한 것은 없었으나 조지영은 어쩐지 화를 내고 있었던 것이다.

며칠 후 조지영은 드럼 대신 샌드백을 주문했다.

그러던 어느 날이었다. 조지영이 가르치는 학생 중 중학교 이학년 김한수가 드럼스틱을 가지고 학원엘 왔다. 김한수는 비어 있는 옆 책상에 드럼스틱을 올려놓았다.

재밌니? 드럼 재밌어?

네.

어렵지 않아?

아니요?

조지영이 김성현을 가장 많이 마주친 것은 화장실 앞이었다. 그녀가 휴지를 들고 여자화장실 문을 여는 순간에도 인사성 바른 그 남자는 조지영을 향해 웃으며 인사했다. 그녀는 자신이 그 남자와 인사를 나누고 몇 초 안 되어 바지를 내리고 오줌을 싼다는 사실을 의식했다. 그리고 그런 일이 몇 번 반복되자 한효진에게 "자꾸 화장실 앞에서 만나서 미치겠어요"라고 지나가는 말을 한 적이 있었다.

과학 선생인 전재경은 김성현을 좋아하고 있었다.

한효진의 주선으로 김성현은 전재경과 술자리를 갖게 되었는데 어쩐 일인지 이어지지는 않고 그저 종종 만나 술을 마시고 노는 사이가 되어버렸다. 하지만 전재경의 마음은 점점 커져만 갔다.

조지영도 종종 그 자리에 낀 적이 있었다. 하지만 일차 정도만 하고 한효진과 함께 자리를 비켜주었다. 김성현과 전재경만 남겨두고 한효진과 이차를 가면 한효진은 김성현이 왜 별로인지에 대해 여러 가지 이유를 댔다. 그래서 조지영은 말할 수가 없었다. 이미 벌어진 일들에 대해서 말이다.

그러니까 어쩌면, 이 일들은 전재경이 겪었을 수도 있는 일이었다. 전재경은 한효진보다도 먼저 학원을 옮겨간 뒤 연락이 끊어졌는데 언젠가 만나게 된다면 조지영에게 감사 인사를 해야 할지도 몰랐다. 그에게는 장거리 연애를 하는 오래된 연인이 있었다. 김성현은 학원에서 일을 하며 홍대에서 밴드 활동을 했는데 다들 일을 하다보니 밤늦은 시간에 합주를 할 수밖에 없었고 또 어릴 적부터 합주가 끝나면 자연스레 술자리로 이어지다보니 멀리 떨어진 연인에게 핑계를 대기 좋았던 것 같다. 조지영은 전재경에게 왠지 미안하기도 하고 작은 상가에서 소문나봤자 좋을 것도 없고 해서 김성현의 제안에 따라 비밀 연애를 해왔는데, 전재경은 이미 눈치 빠른 한효진에게 얘길 들어 알고 있었던데다 다른 좋은 남자를 만나 행복한 날들을 보내고 있었다. 아무것도 모르는 것은 조지영뿐이었고 이 년이라는 시간과 그후로도 일 년간 계속된 엉망진창의 시간 동안 어떤 말도 할 수 없었던 것도 조지영뿐이었다. 그녀는 얼마 전 김성현에게 청첩장을 받았다.

그후 조지영은 김성현의 연습실을 찾아가 여러 번 행패를 부렸는데 그는 별다른 대응을 하지 않았다. 그러므로 상황은 달라지지 않았고 급기야 조지영이 일했던 학원이 문을 닫음으로써 김성현의 눈앞에서 조지영이 사라져주는 꼴까지 되어버렸다.

조수영이 동생의 일기장에서 가장 많이 발견한 것은 '민자'라는 말과 말줄임표, '추하다'라는 말과 '죽고 싶다'라는 말이었다. 조지영은 어디로 흘러간 것일까. 출근했다가 퇴근할 거면서 가방을 세 개씩 싸들고 다니던 내 동생은 모든 것을 그 자리에 둔 채로…… 도대체 어디로……

누군가가 현관문을 여는 기척에 조수영은 놀라서 일어났다. 가슴이 두근거리는 것을 참으며 책상 위에 있던 녹슨 드라이버를 집어 들었다. 어제 시끄럽다면서 경찰에 신고한 남자…… 문득 얼굴도 보지 못한 그 남자일 것 같다는 생각이 스쳤을 때 쾅! 하고

문이 닫혔다. 현관문을 연 것은 바람이었다.

조지영이 발견된 것은 행주대교에서 조금 떨어진 강변이었다고 한다.

팔 개월 전 동생과 살던 집을 정리한 뒤 조수영이 동생을 만난 것은 한 달 전쯤…… 딱 한 번이었다. 그날 조지영은 유난히 말이 없었다.

옷 예쁘다. 샀어?

응.

일은?

응.

혼자 사는 건? 안 무서워?

응.

그날을 곰곰이 돌이켜보면 무언가를 물었던 건 모두 조수영이었던 것 같다. 오랜만에 만난 동생이 너무 반가워 조수영은 삼십오만원을 주었고 그러자 조지영은 울었다. 조지영은 언니가 반갑다기보다는…… 언니에게 미안했다. 언니는 누군가에게 미안해하지 않았으면 좋겠어. 조지영은 생각했다.

조수영은 동생이 어릴 때부터 자주 울었기 때문에 대낮에 카페에서 울더라도 대수롭지 않게 여겼다. 조지영은 언니를 만나고 집으로 돌아가는 만원 버스 안에서 눈을 감고 어릴 적 키우던 강아지의 아픈 냄새를 떠올렸다. 계속 그 냄새를 떠올리면 조지영은 그 냄새를 맡을 수 있었다. 그렇게 아주 잠시만 조지영은 편안했다. 조지영은 그즈음 오래 해온 모든 후원을 끊었다. 그리고 책을 팔러 중고서점에 갔다가 도둑 취급을 받았으며 한 학부모로부터 임신 축하 인사를 받았다. 안정아에게 연락을 해보았으나 답장을 받지 못했고 긴 휴가 내내 추억상자를 개봉조차 하지 못했다.

조수영과 조지영은 나름 우애가 돈독한 편이었고 특히 조수영은 조지영이 언니에 대해 아는 것보다 동생에 대해 많은 것을 알고 있었다. 동생이 어릴 때부터 언니에게 많은 이야기를 했기 때문이다. 하지만 조수영은 조지영이 하지 않은 이야기에 대해서는 알 수가 없었고 원래 비관적인 편인데다 자기 감정을 자주 얘기하는 편이라서 더이상의 것은 없을 줄 알았다. 조지영은 자신이 느낀 기쁨이나 수치심을 처리하는 게 어려웠고 그 모든 일들이 너무나도 사소한 일인 것 같다는 생각에 사로잡혀 괴로웠다. 앞으로 얼마나 더 큰일들이 많을 텐데…… 하는 생각에 조지영은 더 움츠러들었다.

조수영은 아까부터 어디도 긁지 않고 있었다. 그녀는 조지영의 방에서 동생과 자기 자신에 대해 오래 생각했는데 실제로 조지영이 이런 모든 일들을 말했다고 해도 그녀의 마음에 공감하지 못했을 거란 생각이 들어 섬뜩했다. 그래서 그녀는 갑자기 며칠 사이 자신에게 일어난 일이 실감나지 않았고 믿을 수 없었다. 그리고 그것은 아마 조지영이 살아 있었더라도 마찬가지였을 것이다. 조수영 또한 조지영이 아는 것이 다가 아니었을 테니까. 이를테면 조지영은 이거 하나는 알고 있었다. 어떤 죽음이 꼭 극적일 필요는 없으며 그러므로 그후에도 별다를 일은 없을 거라는 사실 말이다. 그날, 조수영은 투표를 했고 그 일이 일어났다. 아마 시간을 되돌린다고 해도 모두 똑같은 선택을 했을 것이다.

조수영은 조지영의 방을 정리하는 것이 무의미하다고 생각했다. 버릴 수도 간직할 수도 없는…… 조수영에게는 더 많은 시간이 필요했다. 아무튼 그건…… 미안해서였다.

얼마나 저기 널려 있었을까. 좁은 베란다에 널어둔 조지영의 커다란 블랙 원피스가 바람에 펄럭였다. 바람이 불어왔고 또 바람이 지나갔다. 조수영은 앞으로 자기 자신을 포함한 모두에 대해 절대로 아는 척을 하지 않겠다고 다짐했다. 바람이 부는 것처럼 우리는 사라질 것이니까.

준과 나의 여름

올해는 추석이 좀 빠르다고, 그런 얘기를 나누던 중에 혹시 벌초를 해본 적이 있느냐고 준이 물었다. 어릴 적에 공동묘지 근처에 살긴 했지만 직접 벌초를 해본 적은 없다고 대답했다. 그럼 이번에 한번 해보지 않겠느냐고 준이 물었고 나는 그러겠다고 대답했다. 아무래도 며칠 고단할 수도 있으니 하루 가지고는 안 될 거라고, 이번 여름휴가를 팔월 말쯤으로 해서 좀 맞춰보자고 하기에 알겠다고 했다. 아주 먼 곳은 아니고 여기서 사십 킬로미터쯤 거리라고 했다.

가깝군그래.

고맙군그래.

웃기지도 않은데 잠깐 웃었다. 그 말을 끝으로 잠깐 잠이 들었던 것 같은 준은 조금 있다가 다시 눈을 떠 아까 만난 친구에 대한 이야길 했다. 얼굴을 못 보고 산 지 십 년쯤 되었는데 그사이 한쪽 눈의 시력을 완전히 잃었다는 것이었다. 나는 그새 다시 잠든 준을 바라보며 곰곰이 그 상황을 우리에게 대입시켜보았다. 이미 잃었다면 계속 치료비가 드는 건 아니겠지. 일을 계속하는 데 지장이 있을까. 한쪽 눈은 있지만, 한쪽 눈은 없으니. 있지만 없는 것.

밤사이 비가 그친다고 한다. 준은 완전히 잠들었고 나는 배가 조금 고프다고 느꼈다. 눈앞을 아른거리던 초파리 한두 마리가 영 잡히지 않아 허공에 대고 한참 동안 전기 모기 채를 흔들었다.

잠을 설치다가 빗소리에 눈을 떴다. 시간이 궁금하지 않아 시계를 보지 않았고 열어둔 창문 같은 게 없어서 자리에서 일어날 필요도 없었다. 빗소리를 듣고 있자니 마치 일 년 내내 여름인 나라의 해변가에 와 있는 것 같았다. 나는 어쩐 일인지 눈을 멀뚱멀뚱하게 뜨고 어제 지하철에서 본 여자를 떠올렸다. 탈 때부터 울고 있던 여자는 가는 내내 내 앞에 서서 소리 죽여 울었다. 그 여자의 눈물 한 방울이 반바지를 입은 내 무릎에 떨어졌을 때 나는 흠칫 놀랐으나 티내지 않으려 입을 꾹 다물고 가만히 있었다. 정말이지 아무것도 할 수가 없었다.

*

벌초를 하러 가는 날짜를 맞추다보니 아르바이트를 하루 더 빼야 했고 그 김에 아침부터 여의도에 다녀왔다. 어릴 적에 친구들과 자전거를 타러 와본 적이 있었다. 결국 자전거를 배우지 못하고 기가 푹 죽어 집으로 돌아왔었다. 아무튼 나는 여의도공원에서 집회인지 시위인지 모를 행사에 참여해야 했는데 다들 가기 꺼려하던 일이었다. 물론 나도 싫었지만 두 명의 상사와 함께 나눠주는 옷을 입고 피켓을 들었다. 그냥 앉아서 구호에 맞춰 피켓을 높이 들었다가 다시 내리기만 하면 되는 것이었다. 기자들이 카메라를 들고 움직이며 연신 셔터를 눌러댔고 나는 입을 벙긋거리다가 결국 다물어버렸다. 모자도 선글라스도 없는 건 나뿐인 것 같았지만 그런 건 준비할 생각도 하지 못하고 나왔다. 새로 지정될 법을 저지하지 못하면 나 역시 이 아르바이트 자리를 잃을 수도 있는 것이라는 짤막한 설명을, 가는 길에 대리님의 차 안에서 들었다. 나는 그래도 상관없었는데 대리님이 보기엔 아니었던 것 같다. 오후에 소고기를 얻어먹고 집으로 돌아왔고 저녁엔 마늘과 소금과 후추만 넣고 파스타를 만들어 먹었다.

*

아무래도 같이 출발하는 게 낫겠다 싶어 퇴근 후 준이 우리집으로 오기로 했다. 검색창에 집부터 준이 알려준 주소까지의 거리를 쳐보니 43.54킬로미터라고 나왔다. 우리는 벌초를 하고 그 근처에서 하룻밤을 잘 예정이다. 어디 둘러볼 곳이 좀 있었으면 좋겠다. 그런 생각을 한참 하고 있는데 준이 열한시쯤 전화를 걸어와서는 화장실이 많이 급하니 문을 좀 열어놓아달라고 말했다. 이제 별걸 다 해야 하네, 하면서도 얼마나 급했으면, 하는 마음에 다정히 현관문을 열어두고 욕실로 가 변기 커버까지 올려두고 나왔다. 준은 들어오자마자 양말과 바지를 벗어던지고 욕실로 들어갔다. 그걸 좀 바라보고 있는데, 휴지 좀 줘! 준이 말했고, 나는 욕실 문을 열고 들어가 애써 고개를 돌린 다음 새 두루마리 화장지를 준에게 건넸다. 그리고 보일러 온수 버튼을 누른 다음 준이 벗어던진 양말과 바지를 정리했다. 바지에는 김칫국물 같은 게 묻어 있었고 양말은 땀에 절어 있었다. 내일 이걸 그대로 입고 벌초를 하러 간다는 거군. 샤워까지 하고 나온 준이 먼저 이불 속으로 들어갔다.

작은 건 줄 알고 변기 커버를 올려두었더니 큰 거였어?

응. 그래서 감동을 받았네.

난 더 있다가 잔다.

얼마나 급했던지 하마터면 무단횡단을 할 뻔했어.

우린 다치면 큰일나.

알지.

갑자기 따다다닥 하면서 빗소리가 시작되었다. 내 나이보다도 오래된 나세대주택의 오래된 창문을 빗방울들이 사정없이 때린다. 따다다닥 따다다닥. 창문을 새로 하면 얼마일까. 내 돈을 주고서라도 부드럽게 여닫을 수 있는 튼튼한 창문을 갖고 싶다. 이 다세대주택에 사는 모르는 사람 여섯 명 모두가 내가 언제 창문을 여는지 언제 창문을 닫는지 아는 게 싫다. 남의 집에 뭐하러 창문을 달아. 준이 말했었다. 그건 그렇지만. 이사를 오던 날 현관문이 쑥 하고 빠져버려 전부 웃었던 기억이 난다. 낮엔 웃었으나 밤엔 그것 때문에 무서워서 혼났다.

〔엄마 나 내일 준이네 벌초하러 가〕

〔벌초?〕

〔응〕

〔고생이겠다〕

〔엄마는 할머니 산소에 안 가고 싶어?〕

〔가고 싶지〕

〔다음에는 나랑 꼭 가자〕

〔응 그럼 너무 좋겠어〕

〔별일 없지?〕

〔응 모자 꼭 챙겨 가야 해〕

〔응 다음주에 내려갈게〕

나는 휴대폰을 내려놓았다. 얼마 전 엄마는 살던 곳에서 이백사십 킬로미터 떨어진 곳으로 내려갔다. 이제 엄마의 얼굴을 보려면 이백사십 킬로미터를 가야 한다. 그 거리가 어느 정도인지, 몇 시간이 걸릴지 나는 잘 알지 못한다. 이제 알게 될 것이다. 이 년 전 백오십 킬로미터 떨어진 곳에 내려갔던 엄마. 돈도 돈인데 이렇게 떨어져 얼굴도 못 보고 사는 건 좀 슬프더라며 힘들게 올라왔는데 다시 내려갔다.

올라와서 사 개월 정도 머무르는 동안 엄마는 약 서른 곳의 취업문을 두드렸다. 이력서와 함께 체력 인증서가 필요해 부천까지 갔다오기도 했다. 십 미터 왕복달리기를 하다가 넘어진 엄마는 무릎에 커다란 멍을 안고 돌아왔다. 나는 엄마가 넘어지는 모습을 두 눈으로 지켜보게 되었다. 삼등급 안에 들지 못해 인증서는 없이 빈손이었지만 부천을 상징하는 로고가 찍힌 스포츠양말 한 켤레를 얻어왔다. 인증서 대신 받아온 참가증으로는 원하던 곳에 지원할 수 없었다. 전화를 해보았더니 그쪽에선 참가증이 아니고 인증서, 그게 없으면 안 된다고 했다. 맞는 말이었고 알고 있었고. 혹시나 하는 마음을 접어야만 했던 그날 밤, 나는 더워 죽겠는데 엄마는 발목이 시리다며 받아온 양말을 신고 잠들었다. 새거여서 짱짱했다.

다음날 엄마 무릎의 멍은 더 커져 있었다. 엄마는 여름이의 사진을 보고 있었다. 우리와 십구 년을 살고 무지개다리를 건넌 강아지 여름이. 엄마와 함께 백오십 킬로미터를 내려갔다가 다시 올라왔던, 여행을 좋아하던 여름이는 올봄, 우리를 떠났다. 나는 종종 우리와 여름이가 몇 킬로미터만큼 떨어져 있는 것일까 생각하곤 하는데 그러면 어쩐지 바로 옆에 있는 것 같기도 했다. 볼 수는 없지만 생각을 하느라고 눈을 감으면 여름이의 냄새를 맡을 수 있기 때문이다. 오래 아팠기 때문에 옥수수처럼 고소하거나 그런 냄새가 아니긴 한데 그게 여름이의 냄새였다. 나는 여름이의 남들(다른 강아지들)보다 뜨거운 체온과 쓰고 진한 약냄새를 바로바로 떠올릴 수 있다.

내 나이쯤을 두고 사람들은 IMF 키즈 같은 것으로 부르기도 하는 모양인데 나는 IMF와 상관없이 태어날 때부터 남들보다 가난했다. 평생 내 집은커녕 전세에도 살아본 적이 없다. 하지만 안 해본 일 없이 다 해보지는 않았다.

그러던 중 좀 다행스러운 일이 있었다. 내가 두 가지 일을 하게 되고 일 년 반 전 엄마가 백오십 킬로미터 떨어진 곳으로 가 전보다 돈을 더 벌게 된 것이다(큰 차이는 없지만). 그 계기란 게 우리가 스스로 갑자기 한 것은 아니고 사람 목숨이 얼만지는 모르겠으나 그간 쌓인 빚을 갚지 않으면 안 되었기 때문이었다. 다만 이미 오래 '우리'로 살아와서 더 좋은 직업을 가질 수는 없었으므로 몸과 시간으로 대신했다. 나는 몸과 시간을 잃어버린 느낌이었고 준과의 데이트 같은 건 말 그대로 사치같이 느껴졌다. 다행히도 준이 당시의 내 상황을 모두 이해해주어 그것 때문에 다툰 적은 없었고 체력도 타고나 매일 피곤했지만 견딜 만했다. 미안하다고, 나중에 잘해주겠다고 했더니 준이 괜찮다고, 알겠다고 했다. 말하자면 힘들어할 시간도 따로 내야 하던 시절이었고 돌이켜보면 전에 없이 엄마와 준과 나 자신에게 고마워하며 늘 '다행이다'라는 생각으로 지내다보니 오히려 마음은 부자가 된 것 같기도 했다.

힘든 것도 거기에 있었지만 행복도 거기에 있었다. 마지막 빚을 갚은 날이 아마 내 인생에서 가장 행복했던 날이 아니었나 싶다. 나에게 돈이란 빚의 동의어 같은 거였다. 각자의 빚이었지만 엄마와 나는 서로 돈을 모을 때마다 함께 갚아나갔고 모든 빚을 갚은 날엔 특별한 날인 것처럼 저녁상을 차려 마음껏 술을 마셨다.

여행과는 동떨어진 삶이었지만 어디서 주워들은 건 있어서 제주도를 가느니 동남아가 낫다며, 내년쯤엔 동남아 같은 곳으로 여행을 가자고, 이럴 게 아니라 우선 여권부터 만들자고, 그런 말도 했다. 우리에게도 여권이란 게 필요한 순간이 오다니. 우리는 살면서 '여권'이라는 단어를 말할 일이 거의 없었으나 이제 그것은 마음만 먹으면 언제든 만들 수 있는 것, 곧 만들어야 하는 것이 되었다. 우리는 잠깐 동안이지만 여행지를 골랐다. 그런 대화 역시 난생처음이었는데 텔레비전에서 하도 많이 봐서인지 엄마 역시 몇몇 곳의 나라와 도시 이름을 꿰고 있었다. 그날은 우리가 처음으로 다른 나라의 도시 이름을 대며 한국에서 그 나라까지의 비행 시간과 그 나라의 날씨, 유명한 음식들에 대해 이야기한 날이었다. 어마어마하게 큰돈도 아니었던, 그냥 나와 한몸 같았던 그 빚, 내가 꾼 돈도 아니었던 남의 돈, 이제 안녕 나는 밤하늘을 바라보며 빚과 이별했다.

짧은 밤이 지나고 그뒤 엄마가 다시 돈을 벌러 내려가기까지 사 개월이란 시간은 당시의 나에겐 정말이지 며칠 정도로 느껴졌다. 그사이 엄마와 나는 다시 예전의 그 희망 없고 기약 없는 인간들로 돌아와 있었다. 다행히 내가 계속 두 가지 일을 하고 있어 실직한 엄마에게 월세와 약간의 생활비 정도는 줄 수 있었고 나는 울지 않았다. 월세라고 해봐야 오십만원 백만원 그런 돈이 아니라 십오만원이었기에 생활비까지 준다고 해도 그럭저럭 버틸 만했다.

언젠가 엄마가 꼭 얼굴 전체에 멍이 든 것처럼 어두운 얼굴빛을 하고 있기에 불과 사 년 사이에 그 빚을 다 갚았는데 왜 그러고 있느냐고, 취직은 언젠간 될 거니까 좋게 생각하고 맛있는 것을 먹자고 했더니 그 빚이 다 돈 같다며 돈이 다 없어진 것 같은데 그냥 다시 빚을 질까, 그런 대답이 돌아왔다. 그 말을 듣고 며칠 생각하다가 엄마가 내려가기 전에 청약통장을 깨 이백만원을 주었다. 엄마가 좀 많이 울기에 이번엔 나도 눈물을 좀 흘렸다. 고작 이 정도 돈 때문에 둘이 합쳐 백 년을 산 사람들이 우는구나. 엄마, 어차피 아무리 모아도 집을 못 사잖아. 나한테 청약 같은 게 무슨 소용이 있어. 괜찮아…… 진심이었는데 하지 않아도 될 말이었다.

네게 미안한 것도 미안한 건데 어머님 자신이 힘들었을 거야.

엄마가 울었단 얘기에 또 잠깐 잠에서 깬 준이 말했다.

난 정말 괜찮은데 말이야.

근데 넌 정말 괜찮은 거야?

나와 준은 거의 동시에 말했고

내가 얼른 돈을 더 많이 벌어야 할 텐데.

준이 덧붙였다. 나는 그 말에 좀 목이 멨다.

말이라도 너무 고맙네.

얼른 자. 말을 많이 해서 피곤하겠어.

응. 근데 넌 요즘 왜 이렇게 잠을 푹 못 자.

너랑 있어서.

내가 자야 잔다더니 준은 금세 눈을 감았고 나는 서랍을 뒤져 오래된 모자를 하나 찾아냈다. 대충 털어 책상 위에 놓고는 다시 의자에 앉아 새우 모양으로 누운 준을 바라본다. 준은 어쩐 일인지 외모에서 부유하다는 인상을 풍긴다. 나는 형광등을 끄고 전구색 조명 하나만 켜둔 뒤 고민하지 않고 커피를 끓여 마신다. 지금 커피를 마시면 잠을 못 자 내일 하루를 망칠 수도 있지만 어차피 잠을 설칠 것 같아서 그냥 마셨다. 벌초가 뭐 별건가 싶으면서도 처음이라 그런지 약간 긴장이 되었고 아무래도 그건 준의 외삼촌을 보게 된다는 것 때문이 아닌가 싶었다.

외삼촌의 취미는 골프와 낚시야.

문득 눈을 뜬 준의 목소리가 들려왔다. 내가 자야 잔다는 게 맞는 말이었나보네. 나는 앞으로 준을 더 믿어야겠다고 생각했다. 준은 외삼촌의 카톡 프로필을 넘겨보고 있었다. 자신도 이십오 년 만에 만나는 건데 골프와 낚시에 대해선 아는 게 없다고, 준은 덧붙였다.

네가 같이 가주어서 너무 좋네.

별말씀을.

우리는 잘 씻은 발을 포개고 누웠다. 역시 둘 다 바로 잠들지 못해서 준이 어릴 적 추억 몇 개를 꺼내주었다. 준은 자기 얘길 잘 안 하는 편이어서 처음 듣는 얘기도 많았다.

그걸 좀 들었더니 잠이 오는 것도 같네.

그 말은.

지루하다는 건 아니고 목소리가 좋네.

새삼스럽게.

빗소리랑 같이 들으니까 더 좋네.

목소리가 좋다고 했으면 말을 좀더 해주면 좋으련만 준은 어쩐지 더 말하지 않고 내 손만 꼭 잡았다. 나는 쏴— 하는 빗소리를 들었다. 비는 순식간에 퍼부었다가 순식간에 그치기를 밤새도록 반복했다. 삶에 대해 말해본 적은 없지만 어쩌면 그건 오늘 같은 날씨의 반복일지도 모른다는 생각이 들었다.

준은 일찍 일어나 멸치를 볶아 주먹밥을 만들었다. 다진 마늘과 해바라기씨를 많이 넣으면 내가 좋아한다. 김밥 같은 걸 사먹어도 되지만 직접 만들었다고 한다. 이것만큼은 눈 감고도 만들 수 있는 준. 그리고 그걸 특별히 잘한다는 것은 나까지도 기분좋은 일. 나는 씻기 전에 이번 달 월세와 공과금을 인터넷뱅킹으로 미리 부쳐두었다. 열심히 몸을 씻고 주먹밥과 얼음물을 챙겨 준과 함께 밖에 나왔더니 골목 여기저기에 쓰레기봉투와 재활용박스들이 나뒹굴고 있었다.

밤새 바람이 많이 불더니.

그랬어?

그랬어.

가자.

우리는 짧은 입맞춤을 하고 좁은 골목길을 지나 종량제봉투 말곤 파는 물건이 거의 없는 슈퍼를 지나 아래로, 아래로 내려갔다.

이른 시간이라 그런지 다니는 사람이 거의 없었다. 날이 너무 더워서 벌써부터 온몸에 땀이 흘렀다.

덥기도 덥고 비가 다시 올 것 같기도 하지?

준의 말에 나는 하늘을 올려다보았다.

일도 뺐는데 벌초도 못하면.

여행가는 기분으로!

응. 주변에 구경할 게 뭐가 있기는 있을 거야.

두 시간 정도면 될 줄 알았는데 세 시간쯤 걸려 준의 외삼촌과 만나기로 한 돼지슈퍼 앞에 도착했다. 무척이나 잠이 쏟아졌지만 초행길이라 마음놓고 잘 수가 없어 중간중간 눈이나 감으며 버텼다. 아무튼 우리는 일찍 나오길 잘했다고 얘기하며 슈퍼에서 이온음료 하나를 산 다음 파라솔에 앉아 주먹밥과 함께 먹었다.

여긴 비가 안 왔나보다.

그러게.

너무 더워 캔디바를 사서 막 깨물었을 때 선글라스를 쓴 남자가 우리 앞에 섰다. 준은 돼지슈퍼 앞에서 외삼촌을 만나기로 한 게 아니라면 전혀 알아볼 수 없을 거라고 종전에 말했지만 나까지도 자연스럽게 일어나 인사를 했다. 아무래도 그동안 카톡 프로필로 종종 얼굴을 확인해온 덕분일 것이다.

오는 데 고생 많았죠?

외삼촌은 다정한 말투로 우리에게 명함을 하나씩 건넸다. 늘 혼자 벌초를 해왔다는 준의 외삼촌은 얼마 전부터 건강이 좋지 않아 고심 끝에 준의 어머니에게 연락을 해왔다고 한다. 그동안 왜 연락 없이 지냈는지에 대한 자세한 이야기는 없었고 그저 와줘서 고맙다는 말을 여러 번 했다. 나는 이야기를 하는 준의 외삼촌을 자세히 보았는데 선글라스를 쓰고 있어서 눈을 볼 수는 없었다. 외삼촌은 얼굴 크기에 비해 몸이 무척이나 왜소했다.

그런데 말씀 편하게 하세요.

내가 말했더니,

조카긴 해도 거의 초면이니까요.

준의 외삼촌이 준을 보며 말하고는 몸을 돌려 걷기 시작했다. 우리는 몇 걸음 뒤에서 캔디바를 먹으며 그를 따라 걸었다. 주변을 둘러보니 낮다, 라는 생각이 들었다. 띄엄띄엄 낮은 공장들과 낮은 집 몇 채가 보였다. 문이란 문은 다 뚫려 있어 안이 다 들여다보이는 폐가에는 살던 사람들의 얼굴이 담긴 액자와 쓰던 이불, 그릇들, 그리고 빛바랜 초록색 우유갑과 빠삐코 포장지 같은 것들이 흙먼지와 함께 나뒹굴고 있었다. 버려진 것 같았지만 무섭지는 않았고, 집을 왜 버렸을까, 버리고 어딜 갔을까, 그런 것이 궁금했다. 날 주면 잘 고쳐서 고맙게 살 수 있을 것 같은데. 거기에 생각이 미치자 이제는 잘 만나지 않는 Y와 가깝게 지내던 시절이 문득 떠오르기도 했다. 그녀의 집에 가서 밥이나 차를 마시고서 철 지나 버릴 거라는 옷들을 보여줄 때마다 "이걸 왜 버려, 너도 참"이라고 말하며 옷을 골라 챙기던 나의 목소리와 표정 같은 것들. 브랜드 때문이었는지 탐이 났던 옷도 집에 가져오면 결국 안 입게 된다는 걸 너무 잘 알면서 Y의 안내에 따라 자동으로 옷더미를 뒤적이던 숙인 고개와 바쁜 두 손. 혹시 초라해 보일까 싶어 다는 말고 한두 벌만 골랐던 마음들.

그런 생각을 하는 동안 우리는 폐가에 쓰레기를 버렸고 얼마간 더 걸었다. 외삼촌은 문을 닫은 것 같은 건물 앞에 섰다. 일층은 만수가든, 지하는 만수단란주점이었고 이층부터는 만수장이란 간판이 붙어 있는 건물이었다. 만수네 건물이겠네, 그런 생각을 하며 외삼촌을 따라 잠시 걸음을 멈췄다. 준은 하늘을 올려다보았고 쏟아지는 햇빛에 시력을 잃은 듯 두 눈을 감았다.

모자 없으면 벌초하기 힘들어요. 은이씨 쓸 만한 모자를 가져올 테니까 조금만 기다려줄래요?

여기서요?

여기서요?

준과 내가 동시에 말했고,

아…… 좀 그런가?

외삼촌의 혼잣말에 준은 아무 말이 없었다.

벌초는 셋이 하면 금방 끝나요.

외삼촌은 덧붙여 말하곤 선글라스를 벗은 뒤에 무언가를 찾는 듯 잠시 주위를 두리번거렸다. 돼지슈퍼의 파라솔 말고는 딱히 누군가를 기다릴 만한 장소는 없을 것 같아 보였지만 외삼촌은 열심히 생각중이었다. 여기면 될 줄 알았으므로 여기보다 나은 곳을 떠올리려니 어려운 모양이었다. 벌초를 하러 오기 전 들은 S의 경험담에 따르면 일단 오르는 것부터가 쉬운 일이 아니라서 무릎이 약한 S의 어머니 같은 경우엔 산 아래에서 기다리신다고 들었다.

계단 같은 것은 왜 만들 생각을 안 하고?

묘지기들은 문제없거든.

그렇구나.

그럴걸.

그런 얘기만 나누었다.

그럼 따라와요. 같이 갑시다.

외삼촌이 앞장섰고 준과 나는 잠시 눈을 마주친 뒤 땀을 닦으며 외삼촌을 따라갔다. 어쩐지 존대를 하는 외삼촌 덕분에 일일 아르바이트를 하러 온 듯한 기분이 들기도 했다. 십여 분쯤 걸어 도착한 넓은 공터에는 공사 차량 두 대와 외삼촌의 검은색 렉서스가 있었다. 우리는 그걸 타고 삼 분쯤 달려 외삼촌의 집에 도착했다. 낮고 낮은 집들을 지나자 합성이라도 해놓은 듯한 세련된 단독주택들이 나오기 시작했고 그런 길을 끝까지 가자 높은 벽으로 가로막혔음에도 우뚝 솟은 집이 한 채 나왔다. 준의 외삼촌은 서서히 속력을 줄였고 그러자 잠시 후 차고의 문이 자동으로 열렸다. 우리는 계단을 따라 정원으로 올라갔다. 언젠가 가보았던 평창동의

갤러리처럼 보이는 세련된 외관이었다. 나는 잠시 더위도 잊고 그 집을 바라보았다. 준의 얼굴을 살폈지만 역시 아까와 똑같은 표정을 짓고 있어 기분을 읽을 수 없었다.

안으로 들어가자마자 시원하고 청량한 공기가 우릴 맞았다. 나는 그 집이 습도까지 관리되고 있을 것이라 느꼈다. 집안을 채우는 모든 가구들은 더 말할 것도 없었는데 나는 잘 알지 못하는 것들이었으므로 정확하게 묘사가 불가능했다.

저기 앉을래요? 여름휴가 안 가고 산 소파예요.

외삼촌은 우리를 앉도록 했다. 나는 사람의 몸통을 잘라놓은 듯한 형태의 소파에 앉았고 희미한 불빛이 나오지 않았다면 조명인지도 몰랐을 것 같은 조명들을 바라보았다.

아빠!

긴 복도 끝에서 어린아이가 뛰어나왔다. 외삼촌의 딸 I였다. 준에게는 친척동생이지만 얼굴을 보는 것은 처음이었을 것이다. 나는 I에게 인사를 했다.

안녕.

우와, 안녕하세요!

어린이와 직접 대화를 하는 건 정말 오랜만이었다. 눈부시게 밝은 그애의 인사에 나는 어쩐지 기분이 좋아 잠을 못 잔 고단함이 다 풀리는 것만 같았다. 그러나 내가 그애와 많은 대화를 하는 것이 혹시 준을 불편하게 할 수도 있을 것 같아 일부러 말을 더 걸거나 하지는 않았다.

I는 결혼 십칠 년 만에 힘들게 낳은 몹시도 소중한 아이이며, 학교에 다니지 않고 홈스쿨링을 한다 말하고 외삼촌은 모자를 찾아오겠다며 일어섰다. 동네에 친구가 없어서 슬프기는 하지만 국영수와 바이올린, 미술, 요리 등 자신을 가르치러 오는 선생님들이 친구처럼 해주어서 문제없다고 I는 말했다. 골프를 배울 때는 직접 가야만 하고 영 흥미가 없는데, 괜히 잘해서 아빠가 계속 다니게 한다며, 외삼촌이 없는 사이 흉도 볼 줄 알았다. 순식간에 I에게 이끌려 그애의 이층 방 욕실 세면대 두 개까지 구경하고 여차저차 하다보니 어느새 정오에 가까운 시간이었다.

제가 가장 좋아하는 건 요리거든요.

요리?

네. 마카롱도 만들 줄 알아요. 해줄까요?

열 살인데 마카롱을 만들 줄 안다고?

제 나이가 어때서요?

나로서는 마카롱을 만들기는커녕 먹어본 적도 두어 번 정도였다. 나는 I를 바라보는 준의 눈빛에서 준이 I를 몹시도 사랑스러워하고 있다는 걸 알 수 있었다. 나 역시 그애의 마카롱 같은 달콤함에 벌써 동화되어버린 기분이긴 했다. 외삼촌은 모자를 내게 건넨 뒤엔 물결 모양 유리잔에 직접 담근 매실액을 넣은 다음 얼음까지 띄워 우리에게 건넸다. 상큼하고 시원해서 한번에 거의 바닥이 보일 지경까지 마시고 말았다.

학교를 아예 안 다녀본 건 아니고 이학년까지는 다녔어요.

외삼촌이 내가 내려놓은 유리잔 때문에 탁자에 생긴 물방울들을 닦아내며 말하고는,

이학년 때 인내상인가 그런 것도 받았지?

I에게 물으며 눈을 찡긋했다.

인내상! 인내상!

I는 인내상 선수를 응원하듯 여러 번 외쳤다.

사람은 역시 나이가 들수록 인내심이 줄어드는 것 같아요.

준의 외삼촌은 농담인지 진담인지 모를 말을 했다. 그러곤 나를 위해 한 잔 더 내오겠다며 그걸 마시고 일어나자고 부엌으로 갔다. 나는 가방에서 호박젤리를 꺼내 I에게 건넸다.

인내상을 받다니, 정말 대단해.

감사합니다.

호박맛 싫어하려나?

음, 괜찮아요!

I는 호박젤리를 까서 입안에 넣고 오물거렸다. 외삼촌이 매실차 한 잔을 다시 내게 주었을 때 I가 입안에서 무언가를 뱉어냈다.

아빠, 나 이빨 빠졌어.

이빨? 어디 보자.

나는 몹시 당황해서 어쩔 줄을 몰랐는데 외삼촌과 I는 담담했

다.

원래 흔들리던 게 빠졌나봐요. 걱정 마요.

외삼촌이 나를 안심시켰다. I는 이가 빠졌으니 잠시 후 있을 골프 수업을 빼달라고 말했고 외삼촌은 안 된다고 말했다. 그러자 I는 어제 마트에 두 번이나 다녀와서 너무 피곤하다고 말했는데 세 번을 다녀왔어도 골프를 빼는 건 안 된다고, 외삼촌은 단호하게 말했다. I는 울기 시작했고 나는 내가 호박젤리를 줘서 일이 이렇게 된 것 같다고 생각하지 않을 수 없었다. 준의 매실차는 아직 반 정도 남아 있었다. 나는 그런 준에게 알 수 없는 믿음이 갔다. 그러고 보니 어디선가 잔잔한 재즈음악이 흘러나오고 있었고, 나는 준의 외삼촌이 새로 건넨 매실차를 단숨에 마시고 일어났다. 준의 유리잔에는 아직도 절반의 음료가 남아 있었다.

우는 I를 두고 나온 우리는 아까 차를 탔던 공터에서 내렸다. 준은 외삼촌을 도와 트렁크에서 예초기를 꺼내 등에 짊어졌다. 외삼촌은 낫과 휘발유가 든 통을, 나는 크지 않은 아이스박스와 커다란 가위를 들었다. 준이 외삼촌으로부터 다시 낫을 넘겨받았고 우리는 말없이 외삼촌을 따라 걸었다. 외삼촌은 요즘 몸이 부쩍 안 좋아졌다며 자주 걸음을 멈추었다. 풀냄새 가득한 길을 어느 정도 걷자 어느새 언덕길로 접어들었다. 이제 오래지 않아 도착할 거라며 외삼촌이 준에게 물었다.

대학에선 뭘 전공했어요?

아, 대학 안 나왔어요.

그랬군요.

네.

잠시 침묵이 흘렀고 나는 집을 향해 오르던 언덕길을 떠올렸다. 위로, 위로 올라가야 나오는 나의 집. 잠깐씩 뒤를 돌아보니 별로 많이 올라오지 않았는데도 동네가 훤히 내려다보였다. 나는 아래로, 아래로 내려가야 만날 수 있는 지하철역과 그런 세상을 떠올렸다.

가장 오래 사는 직업이 뭔 줄 알아요?

종교인이요.

아가씨가 그런 걸 어떻게 알았지.

준의 외삼촌은 잠시 멈춰 그렇게 말하고 다시 언덕을 올랐다. 우리는 계속 걸었고 나는 외삼촌이 내게 다른 질문을 할 수도 있다고 생각해 긴장을 조금 했지만 이야기는 더 이어지지 않았다.

우리는 곧 준의 조부모님의 산소에 도착했다. 조부모님의 산소 주변으로 무덤이 몇 개 더 있었는데 모두 풀이 엉망으로 자라 있었다. 산소마다 세워진 묘비에 쓰인 글자들은 모두 한자로 되어 있어 외삼촌이 말해주지 않으면 어떤 게 조부모님의 산소인지 몰랐을 것이다.

여기 주변으로 벚나무가 많아서 봄에 오면 참 이뻐요.

외삼촌이 말했고 나는 내가 무덤을 세는 단위나 무덤이나 산소, 묘라는 단어가 각각 어떻게 같고 어떻게 다른지 잘 몰라 마구 섞어 쓰고 있다는 사실을 새삼 깨닫고 있는 중이었다. 준의 등은 이미 땀으로 범벅이 되어 있었다. 나는 아이스박스를 내려놓고 물을 꺼냈다.

아니 이건……

얼음물을 아이스박스에 넣어둔 바람에 여전히 꽝꽝 얼어 있는 상태였다.

지금 먹지를 못해.

조금 떨어져 있는 준을 향해 말하고 나는 외삼촌의 지시를 기다렸다. 준은 고개를 끄덕이고는 그새 예초기를 연결해 펌프를 누르고 있었다.

그렇지, 기름을 끌어올려야지.

외삼촌이 말했고 준은 줄을 당겨 시동을 걸었다. 너무 가까이 갖다대면 흙이 파이니까 적당한 거리를 두고 움직여야 했다. 준은 천천히 한 걸음씩 옮겨가며 허리를 숙였다 들기를 반복했다. 외삼촌은 낫을 들었고 나는 엄청나게 큰 가위를 들고 주변을 둘러보았다. 서툴게 가위질을 시작했을 때 외삼촌이 전활 받고 왔다.

준이가 와줬고 한데, 근데 내가 진짜 미안한데, 잠깐만 내려갔다 올게요.

네?

이따가 그거 우리 식당에 두면 돼요.

만수가든을 말하는 것일까? 준의 외삼촌은 들고 있던 낫을 내게 건네고는 언덕을 따라 내려갔다. 어쩐지 인사도 제대로 못했는데 올라올 때보다 너무 빨리 내려가고 없었다.

빨리 하고 가자.

나는 준이 움직일 때마다 쌓이는 풀들을 한쪽으로 옮겨두었다. 그러다 준에게로 가 짧게 입맞춤을 했다.

어디서 배웠어?

안 배웠어. 그냥 하는 건데 잘 되네.

그 말을 끝으로 열심히 벌초만 했더니 금세 끝났다.

저 산소에는 누가 안 오나봐.

누구일까.

저기, 누가 있길래.

I를 골프연습장에 데려다주고 돌아온 준의 외삼촌은 밑에서 우릴 기다리고 있었다. 이 주변엔 맛있는 식당이 없는데 작년에 들어선 저 가마솥설렁탕집이 괜찮다고, 벌초하러 오는 사람들이 일 끝나면 저기 가서 먹고 간다며 우릴 안내했다. 우리는 외삼촌과 별말 없이 설렁탕을 먹었다.

누구야?

식당 아주머니의 물음에 외삼촌이 조카들이라고 대답했을 뿐이었다.

설렁탕집 앞에서 준은 노을을 등지고 서 있었다. 강한 노을빛이 얼굴을 가려 준의 기분은 읽을 수 없었다. 외삼촌은 렉서스 앞에서서 준에게 흰 봉투를 내밀었다. 돈이 들었을 거라고 나는 직감했고

아직 초기라며. 이제야 알았네.

외삼촌이 준의 손을 잡았다. 나는 준을 위해 고개를 조금 돌렸다.

*

한 시간 이십 분을 기다려 시내에 가는 버스를 탔다. 낮고 낮은 풍경들을 지나쳐 우리는 터미널에 내렸고 빙수를 먹으러 갔다. S의 조언이었는데, 벌초를 하고 나서 빙수를 먹으면 기분이 최고라는 것이었다. 나는 우유빙수를 떠먹으며 가만히 준의 얼굴을 들여다보았다. 반나절 만에 몰라볼 정도로 까매진, 내가 좋아하는 얼굴. 준의 이마에는 벌초를 하다가 튄 돌에 맞아 생긴 상처들이 나 있었다.

안 아파?

그땐 아팠어.

야, 나 외삼촌 모자 안 줬다!

우리는 커다란 빙수 옆에 놓인 외삼촌의 모자를 보았다. 아무래

도 돌려주기는 조금 힘들겠지 싶다.

상처에 붙일 밴드와 캔맥주를 사서 근처 모텔에 들어갔다. 준이 윗옷을 벗자 빨갛게 익은 등이 드러났다. 그는 뜨거워서 뒤질 뻔했다고 말하고는 씻으러 들어갔다. 욕실에서 나온 준을 불러 이마에 밴드를 붙여주었고 갑자기 쏟아질 것 같았던 눈물을 참아낸 뒤 맥주를 마시며 텔레비전을 보았다.

이제 저 프로 끝날 때 되지 않았어?

응. 재미가 없네.

방송 새로 만들기 참 힘들겠어. 그치?

정말.

멀리서 파도 소리가 들려왔다. 창문을 열어보니 폭우가 내리고 있었다. 우리는 한참 동안 창밖을 바라보았다.

좋다. 바닷가에 온 것 같네.

바닷가……

맥주가 다 떨어졌어.

내가 사올게.

같이 가자.

우리는 편의점으로 뛰어가 맥주와 땅콩을 사왔다. 그리고 물기만 대충 털어낸 뒤 약간 젖은 채로 맥주를 마셨다. 준은 얼마 전 자신의 어머니에게 닥친 일에 대해 이야기해주었다. 그건 준에게 닥친 일이기도 했다. 다 듣고 나니 몸이 거의 말라 있었다.

그 옆에 방치돼 있던 무덤들 말이야. 관리되고 있는 걸까?

관리……

내일 우리가 할까?

안 할 거면서……

우리는 한동안 말이 없었고 각자 휴대폰으로 근처에 둘러볼 곳이 있는지 검색했다. 멀지 않은 곳에 작은 항이 있었다.

돼지슈퍼 앞에 거기 가는 버스가 있네.

그놈의 돼지슈퍼.

내일 비싼 걸로 회 한 접시 먹고 가자.

좋아.

근데 I 말이야. 너무 귀엽지 않았어?

너도 귀여워!

우리도 그런 아이 낳을까?

오늘?

……

오늘 너무 고맙네.

만약 우리가 아이를 낳는다면 골프연습장은 못 보내겠지.

그런 걸 뭐 아무나 보내나.

만약 우리가 아이를 낳는다면 지금 우리가 가진 것을 나눠 먹고 나눠 쓰며 살아야 하겠지.

내 거 다 줄게.

아냐, 아냐.

우리는 다 마른 발을 포개고 누웠다. 나는 오늘 준이 전에 없이 다정하다고 느꼈다. 왜……라고 생각하며 그의 이마와 손가락 같은 것을 오래 바라보았다.

준과 나는 푹 자고 일어나 물을 많이 마신 뒤 돼지슈퍼에 가기 위해 택시를 탔다. 배가 고팠지만 일부러 먹지 않았다. 기사는 이 마을에 세 대밖에 없는 택시라며 우리에게 운이 좋다고 말했다. 원래는 두 대밖에 없었는데, 얼마 전에 세 대로 늘어나긴 했다고.

내가 사우디에서 솜 장사를 했거든요.

네.

거기는 뭐 이불이며 카펫이며 쓰다가 버려요. 빨래할 물값이 더 드니까.

아……

인생의 애절함을 아는 게, 그게 중요하다는 말이에요.

네?

인간은 각자 알아서 살아야 하니까. 누구 도움 같은 거 바라지 말고 자기 힘으로 사는 거, 그게 중요하다는 거예요.

네에.

어차피 죽으면 다 끝 아닙니까.

……

최근에 누군가의 죽음을 겪으신 걸지도 모른다고 나는 생각했다. 준과 나는 각자 자기 쪽의 창밖을 바라보았다. 우리는 아무 말도 하진 않았지만 두 손은 꼭 잡고 있었고 나는 준이 어떤 생각을 하고 있는지 궁금했다. 나는 쓸데없이 다른 묘를 보면서 떠들지 않으면 벌초 자체는 얼마 안 걸린다는 S의 말을 떠올리고 있었다.

돼지바 먹을래?

돼지바 먹을래.

웃기지도 않은데 조금 웃었고 돼지슈퍼에서 돼지바를 사먹었고 만수가든에서 낫과 큰 가위를 챙겨 언덕을 올랐고 별말 없이 벌초를 했다. 한 문장으로 정리할 수 있을 만큼 자연스럽고 다른 말이 필요 없는 일이었다.

우리는 땀에 절어 언덕을 내려왔다. 사십 분을 기다려 버스를 타고 얼마쯤 달려 작은 항에 내렸다. 바다 냄새가 막 나진 않았지만 기분이 좋았고 모둠회를 안주로 소주를 마셨다. 진짜 바닷가에 와 있어서 그런지 정말 맛있었다. 주인이 와서 작은 냄비에 든 꽃게탕과 새우튀김을 서비스로 주며 여행을 온 거냐고 말을 걸기에 벌초를 하고 가는 길이라고 대답했다.

아이고, 젊은이들이 착하네…… 이거 연평도 꽃게라 진짜 맛있는 거예요.

감사합니다.

잘 먹을게요.

우리는 연평도에 대한 짧은 지식을 공유하며 소주를 더 마신 뒤에 밖으로 나가 젓갈을 파는 상점들을 구경하며 걸었다.

*

여름휴가의 마지막날엔 각자 볼일을 본 뒤 좀 쉬기로 했다. 준은 미용실에 가서 머리를 좀 자를 예정이고 나는 집 근처 근린공원에 있는 운동기구들을 이용해 운동을 좀 할 생각이다. 시간대를 잘못 맞추면 줄을 서야 한다. 아니나 다를까 한참 줄을 섰다가 차례를 받아 끄응…… 하며 운동을 했다. 내 뒤로도 줄이 길어 적당히 하곤 집에 돌아와 쌀을 씻고 있는데 준이 우리집으로 와 작은 상자를 내밀었다. E사의 영양크림이었다. 준은 미용실에서 머리를 자르다가 『행복이 가득한 집』 팔월호를 보게 되었고 거기서 이런 기사를 보았다고 한다.

휴가가 끝난 후

휴가지의 뜨거운 햇빛 아래서 한껏 즐겼다면 주목하자.

붉게 달아올라 예민해진 피부는 그 어느 때보다 관심 어린 케어가 필요하다.

L사 321,000원, E사 63,000원, S사 128,000원

이런 걸 뭐하러 샀어!

제일 싼 걸로 샀어.

나 너무 좋으네.

좋아해주니까 나도 좋으네.

별로 특별할 것도 없는 내 말투를 요즘 늘 따라 하는 준이 가고, 나는 쌀을 마저 씻은 뒤 밥을 안쳤다. 의자에 앉아 종일 보지 않은 휴대폰을 보니 은행으로부터 입금 알림 메시지가 와 있었다. 이십만원이 아니라 이백만원이었다.

〔엄마, 이게 웬 돈이야〕

〔니꺼〕

〔엄마 써!〕

〔또 모아서 줄게〕

〔아이참〕

나는 휴대폰을 꼭 쥔 채 침대로 갔다. 그리고 침대 가장자리에 누워 엄마의 카톡 프로필 사진을 들여다보았다. 옆으로 넘겨가며 전의 프로필 사진들도 오랜만에 들춰보았다. 이백사십 킬로미터 떨어진 곳에서 엄마는 지금 무얼 하고 있을까…… 상상 속에서 엄마는 몇 가지 표정들을 지으며 아주 천천히 움직였다. 그사이 쿠쿠가 맛있는 백미밥을 완성했다.

〔엄마, 뭐해〕

〔밥 먹고 드라마 봐〕

〔엄마, 우리 일단 여권을 만들자〕

엄마에게 메시지를 보냈다. 나는 눈을 감고 일년 내내 여름 날씨인 다른 나라의 풍경과 알아듣지 못할 언어를 떠올렸다. 거기선 아무때고 비가 올 것이고 아무때고 비가 오더라도 괜찮을 것 같다고, 나는 생각했다. 감았던 눈을 뜨자 초침 없는 시계의 분침이 제자리로 돌아와 있었다.

그냥, 수연

열한시쯤 들어온 손님이 가방만 두고 나가서는 들어오질 않는다. 삼십 분 후에 수연과 만날 약속을 했는데 아무래도 늦을 것 같다. 가게 앞 진열대에 놓인 빵들을 들여놓고 계산대만 끄면 바로 나갈 수 있게 다른 것들을 미리 정리해두었다. 열한시 사십분에 수연이 가게로 들어왔다.

비가 오네.

투명한 우산을 접으며 수연이 말했다.

응, 나도 우산 있어.

수연은 내 검은 우산 옆에 자신의 우산을 걸었다.

천천히 해.

수연이 말했고 나는 어차피 오늘은 토요일이라 지하철 역사가

닫기 전에 얼른 나가야 한다고 말했다. 네가 기다리는 게 미안해서 서두르는 것은 아니란 뜻이었다. 그렇다고 미안하지 않은 것은 아니었고 그저 내 마음은 지금 담담하고 이건 단지 내 일상일 뿐이야, 라는 뜻이었다.

돌아온 손님이 주황색 가방을 들고 나가면서 빵 하나를 더 사갔다.

감사합니다, 안녕히 가세요.

인사를 하고 밖에 진열되어 있던 빵들을 안으로 들여놓았다.

뭐 도와줄까?

수연이 물었고, 나는 아니라고 말한 뒤 하루 매출을 휴대폰 카메라로 찍었다.

여기 이 빵들은?

아차, 마들렌과 양갱 같은 것들을 그냥 두고 갈 뻔했다. 나는 미처 들여놓지 못한 트레이를 들여놓고, 수연에게 줄 빵이 담긴 큼직한 봉투를 챙겼다. 문을 잠근 뒤 2번 출구를 향해 걸었다. 며칠 전에 처음 가본 술집에 갈 예정이다. 그러고 보니 오늘 한 끼도 먹질 않았다. 저녁에 꽈배기를 하나 먹은 것이 전부다. 두 개 먹을 걸, 아무튼 돼지고기짜글이와 공깃밥 같은 것이 먹고 싶다. 계단을 오르며 수연이 말했다.

대단하다.

아니, 뭐.

그렇게 대답은 했지만 고마웠다. 정말 내가 대단하다고 여겨서라기보다는 힘든 것을 알아준 것 같아서다. 십 개월 동안 정말 하루도 쉬질 않았다. 매일 열두시가 넘어 지상으로 가는 이 계단을 오르면서 시간을 돌리고 싶었던 적이 한두 번이 아니었다. 불행해서 힘든 것은 아니었고 버겁고 지친다는 느낌이었다. 가끔은 도무지 현실 같지가 않아 게임을 하고 있다는 생각도 들었다. 예전에 내가 재미로 하던 베이커리카페 게임 말이다. 가게를 인수받으면서 가게 근처로 이사를 한 바람에 집에 가도 혼자였다. 다세대주택인데 다행히 다들 자유롭고 너그러운지 새벽 두시가 넘어서도 종종 시끄러워 나도 아무때고 노래도 부르고 텔레비전 볼륨도 높이고 그랬다. 내가 외로운 것은 아니라고 생각한다.

저녁은?

내가 물었고 수연은 아직도 배가 부르다고 했다.

난 아까 네가 '먹방' 찍는 줄 알았어.

편하게 말해버렸다. 수연은 오후 네시쯤 가게로 찾아와 옥수수콘치즈빵과 소시지페스트리, 고구마케이크 한 조각, 찰깨빵 한 개를 아이스 아메리카노 두 잔과 함께 먹었다. 전부 다 계산해달라고 했지만 커피값과 케이크값은 뺐다. 한 시간쯤 이런저런 빵들에 대한 이야기를 나누었고 마침 시계를 보니 찰깨빵을 구울 시간이 됐다. 내가 만들어 굽는다기보다는 완제품인 냉동 상태의 빵을 이십 분 정도 해동하는 것이었다. 나는 갓 구운 빵을 수연에게 건네며, 우리 가게 베스트야, 설명도 해주었다. 수연이 빵을 먹고 잠시 지나가는 사람들을 보는 것을, 나는 식빵 끝에 버터마늘소스를 바르면서 바라보았다.

내가 방해되는 것 같아, 갈게.

수연이 자리에서 일어났고 나는 전혀! 라고 말했다. 아닌 게 아니라 수연이 와 있던 덕분에 화장실도 마음 편하게 다녀왔고 어떤 손님 둘은 가게 밖에 진열되어 있는 균일가 빵값 계산을 수연에게 하고 가기도 했다.

이삿짐 정리도 해야 하고.

수연이 돌아섰고, 나는 같은 동네 주민이 된 기념으로 괜찮으면 이따가 맥주를 한잔 하자고 말했다. 열시나 열한시에 끝날 것 같다고. 결국 열두시가 되어서야 이렇게 지하철 역사를 빠져나가고 있지만 수연은 그거 가지고 뭐라고 하지 않았다. 오히려 뭐랄까, 아주 평온하고 여유 있는 표정이었다. 예전엔 오 분만 늦어도 흡사 화산이 폭발하듯 화를 내곤 했었는데.

망원슈퍼 괜찮아?

내가 묻자,

응, 어떤 덴지 모르지만 너 배고프니까 네가 가고 싶은 데로 가자.

팔 년 만에 만난 수연은 내게 이렇게 말했던 것이다.

우리가 예전 그대로일 거라고 생각했던 것은 아니었다.

우리는 각자 우산을 쓰고 오 분 정도 골목길을 걸어 목적지에 도착했다.

오징어볶음하고 돼지고기짜글이 어때?

내가 물었는데 대답이 선뜻 나오질 않는다. 뭔가 아니라는 뜻이다. 수연은 메뉴판을 바라봤는데 고르지는 못하고 있다. 아, 국물 종류를 하나 시켜야 하나? 나는 생각했고 어묵? 황태술국? 하고 묻자 그제야 웃으며 황태술국, 한다. 술은 셀프여서 나는 주문을 한 뒤에 소주 한 병을 가지고 왔다.

지난가을, 우리는 팔 년 만에 서로의 목소릴 들었다. 연말에는 내가 메시지를 보냈었는데 여행중이라고 했다. 어디냐고는 묻지 않았다. 뒤늦은 나의 질문에 수연은 미국엘 다녀왔다고 했는데 내가 어땠느냐고 묻자 그냥 좋았다고 대답했다.

대답이 뭐 그래.

가기 전에 많이 힘들었거든.

배는 고파 죽겠는데 뭐라 말해줘야 할지 생각이 나질 않았다. 작년 여름에 수연이 겪은 일은 가을쯤 들었는데 나는 그저 이젠 이겨냈겠지, 하고 대수롭지 않게 생각해오고 있었다. 그러고 보니 아까 내가 느낀 수연의 여유랄지 하는 것들이 어쩌면 체념 같은 것이 아니었을까 생각이 들기도 한다.

예전엔 맨날 돈 없다고 하면서 여행 가는 사람들 보고 웃기다고 생각했었는데 꼭 그런 것만도 아니었어. 여행을 가야만 하는 사람도 있는 건가봐. 물론 전엔 정말 백만원도 없었긴 했지만.

백만원이 뭐야, 너 십만원도 없었잖아, 나는 속으로 생각했다. 수연은 통장에 있는 돈 전부로 비행기 티켓을 샀고, 숙박비와 식비는 남자친구가 내주었다고 했다. 남자친구 역시 한 달을 벌어 집세와 생활비로 쓰면 텅 비어버리는 월급을 받는 중소기업 회사원이었지만 그래도 다녀와서 한두 달 허리띠를 졸라매면 가능한 일이었다고 했다. 경제적으로 보면 다행히 수연보다는 나은 삶이었다.

술은 안주 나오면 먹어. 빈속이잖아.

수연이 종이컵에 물을 따라주며 말했다. 물론 자신의 잔에도 따랐지만 원래 물을 잘 마시지 않는다. 곧 오징어볶음이 나왔고 수연이 잔에 술을 따르며 다시 한번 말했다.

너는 조금 더 이따가 마셔.

원래 수연은 먹을 때는 참 다정했다. 음식은 나도 곧잘 만들어주곤 했었지만 수연이 내게 훨씬 많은 음식을 만들어주었다. 음식도 음식인데, 예쁜 접시에 조금씩 깨끗하게 담아 오는 걸 잘했고 설거지도 완벽하게 하곤 했다. 뭐 먹고 싶어? 지금 할 수 있는 건, 하면서 네다섯 가지의 음식 이름을 말하면 내가 고르는 식이었다. 설거지는 내가 할게, 하면 아냐, 넌 쉬어, 라고 하면서 과일이나 아이스크림 같은 디저트를 주곤 했다. 저녁쯤 되어 내가 집으로 가면 수연은 그날 밤이나 다음날 메시지를 보내왔다. '아까 남은 거 먹어치웠어'라든지 '어제 남은 거 먹어치웠어'라는 메시지였다. 그땐 몰랐는데 지금 생각하니까 미안한 마음이 많이 든다.

이제 마셔도 될 것 같아.

우리는 잔을 부딪친 다음 술을 마셨다. 오징어볶음이 짜지 않아서 좋았는데 곧이어 황태술국이 나왔다. 젊은 남자가 사장이었고 음식들에선 집밥 같은 맛이 났다.

요즘 오징어가 비싸서 못 사먹고 있었어.

내가 말하자 수연이 놀란 표정을 지어 보였다.

맨날 시장에 가니까 알지.

내가 말하자 수연이 웃었다.

오픈은 매니저와 오전 아르바이트생에게 맡기고 나는 낮에 시장에 들렀다가 오후에 출근을 한다. 두시쯤 나와야 마감을 하는 열두시까지 견딜 수 있었다. 벌써부터 견딘다고 표현하기는 좀 그렇지만 모르겠다, 마감을 하고서 지하철역 계단을 오를 때마다 피곤하다는 생각을 떨칠 수가 없었다. 빵집을 하기 전엔 영화 일을 오래했다. 물론 지금도 잠시만 쉬는 셈이지만, 아무튼 일을 한 지 십 년 가까이가 되자 나는 어느새 사무실에 앉아 오더를 내리는 위치에 앉아 있었고 오늘은 별일 없이 하루가 갔네, 생각하면서도 때때로 불안했는데 그 불안 때문에 그때 그 선택을 한 거란 생각이 든다. 그저 성실하게 해야 할 일을 했을 뿐인데도 불안한 인간이 되어 있었다.

수연과 헤어지고서 만난 여자친구와는 결혼을 할 뻔했다. 지난 가을 수연과 통화를 하던 중 이야기가 나와 "사 년 정도 사귀었는데 어떻게 보면 너와 헤어질 때와 같은 이유로 헤어졌다"고 말했다가 수연에게 크게 빈축을 샀다. 그녀들의 말에 따르면 나는 '우리가 헤어진 이유'를 모른다고 한다. 알면 뭐가 달라지냐! 묻고 싶지만,

내가 무언가를 아주 깊이 생각했다면 후회할 선택 같은 걸 안 했을까?

요즘 나는 내 인생이 애매하다는 생각을 자주 한다. 그렇다고 내가 무슨 드라마틱한 인생을 바라는 것은 아니지만, 그냥 그런 생각이 자주 든다. 열심히 산다고 산 것 같은데 어쩌면 늘 문제의 언저리만 생각하며 살아온 것 같다는 느낌이었다. 결정의 순간이 왔을 때 고려해야 할 것이 많지 않았기 때문이었던 것 같다. 당시의 나로서는 그게 최선이라고 생각했었지만 지금은, 모르겠다.

아무튼 수연과 사귈 당시에도 나는 나의 결정을 수연에게 통보하는 식이었지 같이 고민을 나누는 식은 아니었다. 수연은 무언가를 선택할 수 있는 삶이 아니었기 때문이다. 내가 어학연수를 가야 할지 말아야 할지 고민을 할 때도 수연은 어학연수는커녕 어학

원도 다닐 형편이 못 되었다. 나는 그런 수연 앞에서, 나라는 존재가 위로가 될 수 없다는 것을 깨달았고 그때마다 무력감에 빠져들었다. 수연의 표정을 읽고 내가 왜, 라고 물으면 수연은 그저 그냥, 그냥…… 하며 밀꼬리를 흐렸다. 수연이 그냥, 이라고 말하면 나는 이유를 알 수 없는 죄책감이 들었고 우리는 결국 서로를 향해 '그렇게 살지 말라'고 말한 뒤 헤어졌다.

지난가을 내가 수연에게 연락을 해서 이런저런 근황을 이야기한 끝에 미안했다고 하자 수연은 내게 웃기고 있네, 라고 말했다.

식당엔 우리 말고 두 테이블이 더 있었는데, 한시쯤 되자 다 나가고 우리만 남았다. 두시까지만 하는 곳이라 우리도 한 병만 더 마시고 일어나야 했다. 수연은 오징어볶음과 황태술국을 맛있게도 먹었다. 내가 주문한 공깃밥 한 그릇도 둘이 나눠 먹었다.

짐 정리는 다 했고?

응, 다 하고 조금 누워 있다가 나왔어. 넌?

나는 집이라기보단 방인 나의 집 사진을 찾아 수연에게 보여주었다.

와, 깔끔하다. 내 방은 엉망인데.

아냐, 깔끔하긴.

수연의 칭찬에 멋쩍게 대꾸했다. 우리는 둘 다 방이 두 칸인 다세대주택에 살고 있는데 나는 작은방에 옷과 책상을 두고 큰방에 침대와 소파 등을 두었지만 수연은 작은방을 완전히 창고로 쓰고 있다고 했다. 정리가 안 돼, 수연이 말했다. 그것 말고 다른 것은 나는 전세고 수연은 월세라는 것이었다. 그렇지만 왜 나보다 수연이 편안해 보이는 것일까? 나는 설사 그 이유가 정말 체념이라고 하더라도 지금 나의 모습보다 훨씬 좋아 보였고 그래서 부러웠다.

남자친구랑 결혼 얘기 해?

아니.

왜냐고 묻지 못했다. 그것보다 수연은 최근에 읽은 책이라든지 앞으로 시작할 작업 이야기를 많이 했다.

『나는 벽에 붙어 잤다』라는 시집을 읽었는데, 까지 듣고 내가 웃었더니 수연이 눈을 동그랗게 떴다.

그게 웃겨?

응, 웃겨.

왜? 난 제목만 보고 왠지 슬펐는데?

아니, 내가 요즘 벽에 붙어 자거든.

오징어가 비싼 줄만 알면 뭐해. 넌 역시……

또 한번 수연의 빈축을 샀다. 너는 오징어값도 모르잖아! 말하고 싶었지만……

서른다섯이 되던 해 가을, 나는 내가 가진 것보다 많은 것을 바랐던 여자친구와 헤어졌다. 때마침 영화를 끝낸 직후였고 내게는 시간이 있었다. 나는 계획해두었던 해외여행 대신 빵집을 인수했다. 인수를 하기 위해 상담을 할 때 전 주인은 내가 늘 자리를 지키고 있지 않아도 걱정 없다고, 오토로 돌릴 수 있다고 했지만 실상은 달랐다. 나는 전날 남은 빵을 조금이라도 더 팔기 위해 명절 당일에도 혼자 지하철 역사로 걸어내려와 빵집 문을 열었다. 나중의 삶을 걱정하다가 지금의 삶을 걱정하는 하루하루를 보내고 있다. 적당히 하려고 했지만 그런 마음가짐으론 적자를 면하지 못하니까. 은퇴 후에 빵집을 하고 싶다는 생각은 어릴 때부터 막연하게 갖고 있었지만 지금은 그야말로 막연한 마음이다.

작업을 하려고 일을 줄였어.

화장실에 다녀온 수연이 말했다. 안 그래도 적게 일하는 편이었는데 더 줄이다니. 난 늘렸는데! 우리가 이렇게까지 달라져 있을 거라곤 생각하지 못했다. 우리가 많이 다르다는 것은 어쩐지 유쾌한 기분은 아니었다. 칠 년이나 사귀고도 잘 안 맞아서 헤어졌는데, 우리가 잘 안 맞는다는 것을 너무나도 잘 알고 있는데도……

아, 맛있다.

수연이 말했다. 맛있는 걸 먹고 있으면 맛있다고 느끼고 그렇게 말하는 사람. 나는 왜 같은 음식을 먹으면서 머릿속으로 이상한 잡생각들이나 하고 있는지 모르겠다. 나야말로 둘째가라면 서러울 정도로 단순하고 심플하고 그런 성격인데.

시간을 돌릴 수 있다면,

내가 말했다.

빵집이 아니라 세계일주를 하고 싶어.

내가 말했고,

시간을 돌릴 수가 없잖아.

수연이 말했고,

응, 그래서 신혼여행을 좀 길게 가려구.

결혼할 사람도 없으면서 나는 또 이렇게 나중 일이나 말하는 것이었다.

우리는 잔을 부딪쳤고 나는 술을 한 잔 마셨다. 생각해보면 우리가 늘 안 맞았던 것은 아니었다. 처음에 수연은 나의 안정된 환경과 미래를 대비하는 모습들을 좋아했고 응원해주었다. 무언가를 선택해본 적이 거의 없었던 탓인지 수연은 자신이 어떤 시기에 닥친 많은 상황을 그저 받아들이기만 할 뿐 삶에 대해 능동적이거나 적극적인 자세를 갖고 있지 않은 것이 아쉽다고 말한 적이 있었다. 많은 사람이 수연을 두고 기특하다거나 대단하다고 말했지만 수연은 가끔 내게 속을 털어놓곤 했다. 기특해서 어쩌라고?

마지막 잔을 마시고 휴대전화 시간을 확인하니 한시 사십팔분이었다. 수연이 계산을 했고 우리는 가게를 나왔다. 내일부터 내린다던 비가 하루 먼저 내리고 있었고 우리는 우산을 쓰고 골목길에 섰다.

나 시장 끝 쪽으로 갈 거야.

응. 같이 가자.

너 지금 처음이라 많이 지쳐 있는 거지 이제 좋아질 거야.

그럴까?

응, 난 네 빵도 시나리오도 너무 좋아.

아직 시장 입구도 가지 못했는데 수연이 전화를 받았다.

응? 그래? 알았어.

무슨 전화야?

응, 때마침 근처에 있었는데 지금 거의 다 왔대. 나 망원역으로 가야 할 것 같아.

수연이 말했다. 우리는 발길을 돌려 망원역 쪽으로 걸었다.

남자친구 착하네.

나도 착해.

그래……

술집이 역 근처였기 때문에 우리는 금세 역에 도착했다. 토요일 새벽치곤 조용하고 간만에 내리는 빗소리가 좋은데 너무 빨리 도착했다. 내가 매일 출근하는, 좀전에 퇴근했고 내일 또 출근하는 망원역 2번 출구 앞이었다. 때마침 보행 신호가 들어왔고, 수연이 말했다.

저기 저 차 같아.

저 하얀 차?

응, 갈게! 잘 들어가!

잘됐다. 얼른 뛰어!

잘되긴 뭐가 잘됐는지 모르겠으나 나는 수연에게 갑자기 희망찬 목소리로 외쳤다. "얼른 뛰어!" 경기를 앞둔 선수를 응원하는 코치와 비슷한 제스처를 하며…… 보행 신호는 아직 한참이 남았는데 수연은 벌써 횡단보도를 건너 우산을 재빨리 접은 뒤 하얀 차에 탑승했다. 잠시 후 차가 출발했고 나는 그 모습을 바라보다가 내 손에 들린 커다란 빵 봉투를 발견했다. 마지막 손님이 가방을 두고 자리를 비웠을 때 수연을 생각하며 가게에서 가장 큰 봉투에 서른 가지쯤 되는 빵을 하나씩 넣었다. 혼자 산다니까 다는 못 먹겠지만 아무튼 많이 주고 싶었다.

하루종일 빵과 씨름하다가 또 빵을 들고 집으로 발걸음을 옮긴다. 빵집을 계약이 끝날 동안만 하기로 결심했다. 다음달부터 어머니에게 가게를 맡기고 다시 영화를 하기로 했다. 원래 그럴 예정이긴 했지만 마음가짐은 내 예상과 달랐다. 앞으론 예상이란 걸 하지 말까? 아니, 예상을 좀 나쁜 쪽으로 하고 살까? 통옥수수빵을 하나 뜯어먹으며 골목길을 빙글빙글 걷는다. 빨간불이든 초록불이든 나도 누군가에게 뛰어가고 싶다, 그런 생각을 하면서.

나 어떡해

금요일

뭘 어찌해야 할지 몰라 일단 밤길을 나선다. 미세먼지, 초미세먼지, 황사, 술에 취한 사람들……로 가득한 좁고 어두운 골목길을 지난다. 약속 시간은 아직 세 시간이나 남아 있다. 얼마 전에 새로 산 차를 몰고 북악스카이웨이로 간다. 서울이 한눈에 보이는, 야경이 끝내주는 곳이다. 빙빙 돌아 올라가갔으나 막상 십 분도 못 있고 내려온다. 바람이 너무 차 얼굴이 찢어질 뻔했다. 지난가을에는 여자친구 수진과 함께 왔었다. 낡고 낡은 회사 차를 끌고서였다. 이 시간에 어딜 가게? 수진이 물었고 나는 차를 몰았다. 서울을 내려다보며 사진을 찍고 좋아하던 수진의 얼굴이 떠오른다.

몇 시간 전부터 수진은 나에게 화를 내고 있다. 내가 종일 연락을 하지 않아서다. 아니 답장을 하지 않아서다. 뭘 어찌해야 할지 몰라 답장을 보내지 못했다. 넌 문제 해결 능력이 없는 것 같아. 싸울 때면 늘 내게 이렇게 말하곤 했었는데…… 맞는 말이었나 보다. 그동안 난 내가 그저 천천히 생각하는 편이라고만 생각해왔다. 이번에도 그런 거라면 좋겠는데, 모르겠다. 수진의 연락을 피하고 있지만, 술을 마시자는 친한 형의 연락은 피하지 않았다. 다시 집에 돌아가 차를 대고 약속 장소로 간다. 미세먼지, 초미세먼지, 황사, 술에 취해 우는 사람들……로 가득한 좁고 어두운 골목길을 지나.

좀 괜찮냐?

괜찮으니까 이러고 있지.

이 주 전 회식 자리에서 일어난 싸움을 말리다가 머리를 다쳤다. 119에 실려가 타카 같은 걸 여덟 개 박았다. 먹지 말라는 얘길 듣긴 했는데 오랜만에 소주 한 잔을 들이켠다. 존나 쓰다. 눈물이 날 것 같기도 해서 기침을 해버린다. 어떻게 된 건지, 처음엔 헛기침이었는데 자꾸 하니까 진짜 기침도 나온다.

아, 씨발 서른아홉이다.

형이 술을 마신다. 형은 그냥 서른아홉은 아니고 가진 게 별로 없는 서른아홉이다. 직업은 있지만 모르겠다, 이백 정도 벌려나. 적은 돈이 아닌데도 아픈 어머니의 병원비를 대고 작은 반지하방 월세와 각종 세금을 내고 나면 남는 것이 없다고 했다. 어제도 없고 오늘도 없어서 내일도 없을 하루라고 했다. 이런 오늘이 어제였고 내일이 되니까.

형, 그래도 어머님이 있다는 게 얼마나 힘이 돼. 곧 건강해지실 거야, 그렇게 말했다가 맞은 적이 있다. 곧장 사과를 받긴 했지만 멍들고 부은 눈이 떠지지 않아 며칠 동안 출근을 못했다. 부어오른 눈과 넘어지면서 부딪친 무릎의 멍이 가시기까지 이 주가 조금 넘게 걸렸던 것 같다.

형, 그러면 이건 어때? 형까지 아픈 것보다는 낫지 않느냐고…… 진짜 말한 것은 아니다. 더 불행한 삶을 들이밀면서 같잖은 위로 같은 것을 하고 싶진 않다. 갑자기 일어난 그 일 때문에 병원에 갔다가 뇌하수체에 종양 같은 것이 보인다는 얘길 듣고 MRI와 호르몬 정밀검사를 했는데 오늘 의사에게 확진 판정을 받았다. 병명이 나오자 비급여 항목 진료비가 쑥 내려갔다. 아무튼 내가 이렇다고 해서 형이 행복해지는 건 아니니까 굳이 말할 필요는 없는 것 같다. 발견 시점이 빨라 큰일은 아니라고 한다.

모르겠다, 받아들이질 못하고 있는 것인지도. 어쩌면 나는 내 생각보다 별일 없이 살아왔구나. 형과 이런저런 얘기를 하다보니 두시쯤 됐나, 별말 없이 벽에 걸린 메뉴판을 보며 멍하니 있던 시간이 더 많았던 것 같기도 하다. 순간순간 머리가 아픈 것 같은 느낌에 많이 마시지도 못하고 있다. 그저 기침이나 하고 있고 뭘 어찌해야 할지 모르겠는데 수진이 메시지로 헤어지자고 한다. 그러자고, 그러는 것이 낫겠다고 오늘 처음으로 답장을 보낸다.

토요일

어떤 노래 한 곡이 계속 입가를 맴돈다. 요즘 보는 드라마의 주제곡 같다. 밤에 수진에게 뭐하냐고 물으면 곧잘 그 드라마를 보고 있다고 대답하곤 했다. 종일 취업 준비를 위한 공부를 하는 수진의 유일한 낙이다. 케이블 방송국에서 하는 거라 그런지 아무때고 자주 방영되었고 그러던 중 어쩌다 나도 그걸 보게 되었다. 수진은 그걸 볼 때면 거의 매번 울고 있었다. 이렇게 잘 우는 사람을 더 울게 하고 싶진 않다. 무엇보다 그 모습을 감당할 자신이 없다.

머리를 짧게 자르려고 한다. 자주 가는 미용실 예약이 열한시여서 아홉시에 알람을 맞춰두었다. 눈을 뜨자마자 휴대전화를 본다. 수진으로부터 밤새 수백 통의 메시지가 와 있다. 아니 이건 우리가 즐겨보는 드라마 대본도 아니고 말이다…… 내 지난 잘못들과 혹시 다른 여자가 생겼느냐는 의심, 그러나 중간중간에 사랑한다는 말이 있다. 누군가가 날 사랑한다는 게, 문득 낯설다는 생각이 든다. 수진은 밤새 우리가 만난 이 년여의 일들과 그간 자신의 기분을 전부 기록해놓은 듯했다. 나로서는, 모르겠다, 지금은 정말…… 뭐라 할말이 없다. 내가 곧 죽거나 하는 것은 아니라지만.

휴대전화를 내려놓고 창문을 연다. 오늘은 제법 하늘이 맑네, 생각하고 창문을 닫는다. 아침은 꼭 먹기 때문에 부엌으로 간다. 맹물로 입안을 헹구고서 냉장고를 열어 밀가루 반죽을 꺼낸다. 수제비다. 유기농 밀가루로 만든 반죽에 멸치와 다시마로 육수를 내고 반죽을 뜯어 넣는다…… 이렇게 잘 챙겨먹는데 왜 내가……

밀가루를 많이 먹어서 그런가?

그럴 리가. 유기농인데? 의사의 말을 듣기 전까지 나는 나의 뇌하수체에 대해 한 번도 생각해본 적이 없었다. 죽음에 대해 생각해본 적은 있었으나 뇌하수체에 대해서는 정말 한 번도, 생각해본 적이 없었다. 어제 반차를 내고 병원에 갔고 병원에서 나와 차에 앉아서는 한참을 움직이지 못했다. 나는 내 뇌를 볼 수 없었고 멍하니 룸미러나 바라보다가, 내가 이토록 표정이 없는 사람이었나, 낯선 기분이었다. 혼자 있기도 했고 어쩐지 엄청난 비밀을 알게 된 것 같은 기분이 들었고 앞으로의 삶이 깜깜했다. 반쯤 가장인, 현재 아주 가난하진 않지만 앞으로 내가 책임지게 될 것 같은 집에서의 나의 역할과 수술과 치료를 받기 시작하면 지속할 수 없을 것 같은 직장생활, 빚이 있는 건 아니지만 텅 빈 통장과 혹시 생길지도 모르는, 장애로 남을 후유증 또…… 수진. 수제비를 뜯어 넣다가 결국 울었다. 수진은 아마 아무것도 못 먹고 있겠지만은.

수진은 내가 "뭐라도 좀 먹어. 아마 넌 아무것도 못 먹고 있겠지만은" 이렇게 말하면 좋아할 것이다. "있겠지만은, 그렇지만은, 하지만은" 내가 이렇게 말하면 수진은 "있겠지만, 그렇지만, 하지만, 이렇게 말해야지 왜 그 뒤에 '은'을 붙여?"라고 말하며 몹시 좋아했었다. 나는 아무렇지 않은데 그런 나의 습관인지 버릇이 특이하고 귀엽고 웃기다면서 혼자 몇 분을 까르르 웃곤 했는데…… 겨우 그런 말투 하나로도 웃던…… 그런…… 수진에게 메시지를 보낸다.

〔뭐라도 좀 먹어. 아마 넌 아무것도 못 먹고 있겠지만은.〕

〔싫어, 너랑 같이 아니면 안 먹을 거야.〕

재호에게 메시지를 보내고 달걀과 몇 가지 채소를 넣고 라면을 끓여먹은 후 하겐다즈 마카다미아를 먹는다. 재호가 나에게 뭐라도 좀 먹으라고 한다. 어젠 많이 울었지만 지금은 기분이 너무 좋다.

계속 토요일

힘겹게 뜯어 넣은 수제비가 무색하게 몇 술 못 뜨고 수저를 내려놓는다. 아직 부모님한테도 말하지 못했는데, 수진에게는 또 어떻게 이야기해야 할까. 사실 누군가에게 기대고 싶기도 하다. 자주 다투기도 했고 아주 당연히 결혼을 할 거라고 생각하진 않지만 다른 사람을 생각해본 적은 없는데, 우린, 헤어지게 될까? 이런 이별은 상상해본 적이 없는데, 나도 납득하기 어려운 이별을 수진은 이해할 수 있을까? 단 며칠이라도 시간이 지나면 나도 곧 괜찮아지겠지? 내 나이 서른다섯. 인간은 누구나 아플 수 있지만…… 조금 더 나중일 줄 알았다. 수제비는 무슨 수제비. 전기포트에 물을 넣고 차를 끓인다.

돌이켜보면 나는 무언가를 선택해본 적이 별로 없었다. 성격도 둥근 편이어서 누군가와 크게 싸우거나 한 적도 없이 자랐다. 다만 존재감이 좀 없긴 했는데 별일도 아니었다. 나만큼 존재감 없는 사람은 너무나도 많았으므로. 대학이나 군대, 취업조차도…… 그간의 어떤 굵직한 일들은 내가 선택했다기보다는 그저 받아들인 것이나 다름없었다. 내가 선택한 것 같지만 내가 선택한 것이 아닌 것 같다. 그래도 억울하다는 생각 같은 건 안 해봤다. ……난 왜 그랬을까? 아무 죄 없이 맞으면서도 사람 한번 친 적이 없다. 사람이 뭐야, 벽 한번 친 적이 없는데. 왜…… 왜. 그런데 왜 나야.

뭔가 잘못됐을지도 몰라, 다른 병원에 가봐야겠다는 생각을 잠시 한다. 모르겠다, 갑자기 잠이 쏟아진다. 나는 끓고 있는 둥굴레차를 바라보다가 침대로 가 눕는다. 머리가 지끈 아파온다. 아니지, 미용실 가야지. 나는 휴대전화로 시간을 확인하고 눈을 감았다가 다시 일어나 옷을 갈아입는다. 잔뜩 떡이 진 머리를 하고서 집을 나선다.

어떻게 해줄까?

형이 말한다.

그냥 멋있게요.

내가 말했더니 형이 고개를 끄덕인다. 나는 샴푸를 하고 와 다시 형 앞에 앉았다. 그냥 봐도 가게가 너무 잘되고 있는 것 같다. 전부 예약 손님인데 아침 아홉시부터 저녁 아홉시까지 완전히 꽉

차 있다고 한다. 오늘 예약도, 사실 틈이 없는데 얼굴 볼 겸 억지로 끼워넣어준 거라고 했다.

여긴 머리가 안 나는 거잖아, 이제.

형이 말한다. 맞은 곳을 말하는 것이다. 나는 그 일 이후에 단 한 번도 그 일과 관련된 말을 입밖으로 꺼낸 적이 없다. 없던 일로 하고 싶은 나의 유일한 노력이다. 가끔 불행 속으로 스스로 걸어들어가는 사람을 볼 때가 있다. 슬프지만 수진도 그런 사람 중 하나였다.

미국 갔다 왔다며?

형이 말한다. 형은 참 바쁘게 가위와 빗을 쥔 손을 움직이면서 입도 참 바쁘게 움직인다. 형이라곤 하지만 나이 차가 열 살이나 난다. 헬스클럽에서 만난 용이 형…… 형, 저 아프대요. 말은 못 했고 미국 예찬론이나 펼쳤다.

아참, 형 선물 사왔는데. 차에 있어요.

그래? 뭘 그런 걸 또.

그사이 시간은 토요일 정오를 지난다. 형은 다운펌을 무료로 해주겠다고 한다. 다른 곳에 비해 커트비가 비싸긴 하지만 이런저런 좋은 서비스가 있다. 나는 소파에 앉아 사탕을 두어 개 까먹으며 시간을 보낸다. 이러고 있으니 마치 아무 일도 없었던 것 같다. 형을 보면 늘 마음이 편해지곤 했다. 형은 바쁘게 내 앞을 왔다갔다 하면서 언제 봤는지 내게 배가 너무 많이 나왔다며 살기 편한가보다고 했다. 그래, 미국 여행까지 다녀왔으니 겉으로 보기에 나는 팔자 좋은 인간으로 보일 수 있겠어, 그렇다면 나쁘지 않잖아, 나는 생각했다.

샌프란시스코 해변가의 동물원에서 수진은 회전목마를 타고 싶어했다. 사 달러였나, 육 달러였나 그랬다. 회전목마는 좀 싫다고 했더니 수진은 그럼 동물원을 순환하는 기차를 타자고 했다. 역시 사 달러였나 육 달러였나 그랬다. 아이참, 둘 다 싫은데…… 생각했지만 알았다고 했고 수진은 그런 내 표정을 읽고는 그냥 안 타겠다고 했다. 나는 뒤늦게 "아냐, 나 타고 싶어"라고 말했지만 수진은 날 너무 잘 알았다. 나는 다시 "정말 타고 싶은데?"라고 말했지만 수진은 이미 날 앞질러 기린 쪽으로 걸어가고 있었고……

탈걸…… 그게 뭐라고, 그냥 회전목마든 뭐든 탈걸……

그 순간이 한 번뿐일 거라곤 생각하지 못했다. 어떤 순간이 한 번뿐이고 누군가가 하나뿐이라고 생각했다면 나는 지금과 좀 달랐을까. 그러니까 너도 넌데 나도 하나뿐이라고…… 수진이 하나뿐이라고 생각한 적은 있었으나 나 자신이 하나뿐이라고 생각한 적은 없었다. 하지만 지금 그걸 알았다고 한들,

차 샀다며?

아직 미용실 안엔 미리 와서 기다리거나 조금 늦는 바람에 엄청나게 기다리게 된 많은 사람들이 있었으나 형은 "잠시는 괜찮다"며 내 차가 주차된 곳으로 함께 걷는다.

이러면서 나도 잠깐 숨 좀 돌리는 거지.

형이 말한다. 나도 쉬고 싶다고, 잠시 생각한다. 점심때 온다고? 엄마에게 문자메시지가 왔고 나는 네, 하고 답장을 보낸다. 내겐 생각을 정리할 시간이 필요하다고, 아니, 죽는 것은 아니라잖아, 정리는 무슨 정리, 하던 대로 해, 그냥 일상을 살라고.

봄 같지만 날이 차서 옅은 입김이 나온다. 머리를 잘라서 그런지 마음이 그래서 그런지 아무튼 이상하게 오늘은 너무 춥다고 느끼면서 차를 향해 걸어간다. 형, 그 바지 어디서 사셨어요? 말도 걸어가면서……

형, 이거요.

나는 형에게 'I ♡ San Francisco'라고 쓰인 머그컵 두 개와 역시 'I ♡ San Francisco'라고 쓰인 반팔 티셔츠 두 장을 내민다.

야, 재호 너 미국 갈 때 센스를 한국에 두고 갔구나. 이거는 정말, 너무 대놓고, 정말.

형이 나무란다.

그런가 하면 차는 또 이게, 푸하하하하하.

형이 밝은 햇빛 사이로 입김을 뿜어내며 웃는다. 형이 웃으니까 나도 웃는다. 차가 왜요, 말하면서 그냥 같이 웃는다. 웃고 나니 아무 일도 없는 것 같다. 아닌 게 아니라 사실 차를 사자마자 주말 밤에 택시로 오인받은 적이 있었다. 두 명의 젊은 남자가 비틀거리며 내 차를 향해 손짓을 했다. 눈이 내리고 있었고 나의 연주황색 차는 그들의 승차를 거부한 채 강변북로로 향했다. 재호야, 너 이제 어떡해, 하면서 수진은 집에 도착할 때까지 웃음을 멈추지 않았다.

그러니까 말이야 수진아…… 지금, 차도 그렇고 나도 그렇고 정말 어떡하지?

나는 형과 곧 만나자는 인사를 나누고 부모님 댁으로 차를 몰면서 수진에게 전화를 건다.

너…… 너 뭐 먹어?

수진에게 묻는다.

아니, 아까 많이 먹, 아니 내가 먹긴 뭘 먹어. 너랑 같이 먹을 거야!

수진이 대답한다. 발음을 듣자 하니 뭔가를 먹고 있는 것 같은

데 어제부터 아무것도 못 먹고 잠도 한숨 못 잤다고 한다. 귀엽고 불쌍하다. 그래서 난 아무래도…… 말을 못할 것 같은데 모르겠다. 하거나 말거나, 둘 중 하나였다. 나는 선택을 해야 한다.

미안해, 수진아.

응? 뭐가?

다, 다 미안해. 그때 회전목마도 안 타고 기차도 안 타고……

또?

어제…… 어제도 미안해……

아니야. 나 지금 너무 괜찮아.

있잖아, 내가 지금부터 무슨 말 할 테니까 울지 마, 알았지?

말이 끝나기가 무섭게 수진이 왜에, 하면서 울먹거린다. 울지 말라니까 진짜. 네가 그러면 나도 눈물이 날 것 같다고. 사실 이미 조금 눈물을 흘리고 있다. 나는 무언가가 진심으로 미안했고 그러자 내가 조금 아픈 건 별거 아니라는 생각이 들었다. 너 혹시 무슨 일 있어? 휴대전화 너머로 수진의 불안함이 느껴졌고, 나는 목적지를 바꿔 수진의 집 쪽으로 방향을 틀었다.

토요일 오후치고 도로는 한산하고, 나는 속도를 높였다. 날은 아직 쌀쌀하지만 봄은 봄인, 오랜만에 햇볕이 좋긴 좋은, 그런 날이다.

재호야. 나한테 말하고 기대. 괜찮아.

나는 내가 수진의 마음을 비롯한 모든 것들을 지금에야 알았다는 것과 자꾸만 달라지는 나의 마음가짐과 행동이 우습다는 생각이 들었다. 말하자면 오늘 아침까지도 받아들일 수 없었던, 부정하고만 싶었던 어떤 일을 내가 또 받아들이고야 말았구나 하는 생각이 들었던 것이다.

H에게

처음에 좀 깊게 생각했어야 했는데, 하루 만에 결정해버리고 말았습니다. 지금의 이 고통은 다 제가 자초한 일이라 누굴 탓할 수도 없이 밤마다 저 자신만 탓하며 괴로워할 뿐입니다. 물론 이런 감정들은 밤낮 가리지 않고 시시때때로 찾아오기는 합니다. 아침부터 그런 생각으로 눈을 뜨는 날이면 정말이지 혀를 콱! 깨물고 죽어버리고 싶답니다. 접시 물에 코를 박아도 좋고요. 혀를 깨물거나 접시 물에 코를 박았다가 죽게 된다면 어쩐지 마지막치곤 조금 귀여운 인상을 남길지도 모르겠습니다. 혹여 웃음이 헤픈 누군가를 웃길 수도 있겠고요.

초면인 사람을 만나거나 어색한 기류가 있다 싶으면 나서서 웃겨야 한다는 강박 때문에 곤란했던 시절이 떠오릅니다. 말하자면 당황했을 때 당황하면 되는데 그 기분을 다른 기분으로 바꿔보려고 하는 거예요. 그 기간이 길진 않았습니다만 그 증상은 특히 처음 보는 사람들을 만날 때 더욱 심하게 나타나곤 했습니다. 물론 결과는 늘 실패였고 안타깝게도 저는 말이나 행동을 과장함으로써 웃기려는 편이었습니다. 웃기려면 한마디만으로도, 어쩌면 침묵으로도 충분히 웃길 수 있었을 텐데요. 저의 오랜 친구 Y는 제가 그럴 때마다 은근히 저를 무시하는 듯이 행동하곤 했습니다. 창피해했다는 것에 더 가까울까요? 저는 그것을 느낄 수 있었죠. 아마 저만 느꼈을 거예요. Y는 겉으로 보면 몹시 겸손한 사람으로 보입니다.

대본을 다 읽은 후에 제가 운 것은 특히 주인공의 어린 시절에 공감했기 때문이었는데, 마치 저의 성장기를 지켜본 누군가가 쓴 것이라고 해도 믿을 만큼 많이 비슷했습니다. 십사세 무렵의 제가 몸은 성장중이었으나 또래보다 침착한 편이었다는 것, 삼십사세의 제가 몸만 성장했지 정신은 어릴 때만 못하다는 것도 같네요.

제가 유년기를 보낸 곳은 경기 북부의 한 농촌마을이었습니다. 신씨들이 모여 살아 사람들이 신씨 마을이라고 불렀던 곳이지요. 언급한 적은 몇 번 있지만 그곳에 대해 열심히 말하고자 하는 것은 이번이 처음입니다. 당신이 지금도 멀리 떨어진 곳의 이야기를 듣는 것을 좋아하는지는 모르겠습니다만…… 시작해볼게요.

저는 어릴 때부터 무언가를 열심히 하는 것을 싫어했습니다. 슬쩍만 말하고 슬쩍만 공부했습니다. 달리기를 해도 대충 뛰어서 꼴찌는 늘 제 차지였습니다만 다른 것은 잘하는 축에 속했습니다. 대충 하는 척을 한 게 아니라 정말로 대충 했기 때문에 일이등을 하지는 못했지만 삼사등은 해왔습니다. 한 번은 칠등을 하고 속으로 분하다고 느낀 적도 있었어요. 누군가 열심히 공부를 해서 제 등수를 앞질렀을 텐데 뭘 그리 분하다고 생각했는지…… 지금 생각해보니 열심히 했는데 결과가 좋지 않았을 때를 받아들이는 것을 두려워했던 겁쟁이였던 거죠. 시험 결과가 좋지 않을 것 같은 때에는 아예 손에서 공부를 놓아버렸고 시험 직전까지 만화책을 보고는 하나의 번호로 찍어버리곤 했습니다. 그렇게 하면 나쁜 결과를 어렵지 않게 받아들일 수 있었거든요. 저 자신만 탓하면 그만일 뿐, 변하지 않는 상황이나 타인에 대한 원망이나 분노를 할 필요가 없으니까요.

제가 살던 마을은 원래 읍이었던 것이 제가 사학년인가 오학년이 되었을 때 시로 승격되었습니다. 시라니? 초등학교라니? 너무 어색했습니다만 어쩔 수 없이 시 승격 기념 백일장 대회에 나가

상을 탔던 기억이 나네요. 사실 저는 아무 대회나 나가도 상을 타곤 했습니다. 반에서도 탔고 학교에서도 탔고 읍에서도 탔고 도에서도 탔고 전국대회에서도 탔습니다. 전부 바보만 모아놨는지 대충 했는데도 상을 주니 저로서는 그저 기쁠 뿐이었습니다. 거만한 어린이는 아니었어요. 오히려 늘 기죽어 보이는 조그만 어린이였습니다. 대충 하자라는 생각은 속으로만 했거든요. 영악해서 속마음을 감추려고 했거나 즐기며 살자는 마음으로 그런 것은 아니었고 그저 생활이라는 것이 버거워 학교생활은 대충 하자는 편에 가까웠습니다. 저는 당시 어린이였지만 인간의 생활이라는 것을 인지하고야 말았어요. 의식주 같은 것 말인데요, 저는 어린이일 때 기본적인 것이 해결이 안 되는 상태에 놓여 있었습니다.

겉으로 제가 어떻게 보였을지는 모르지만 저는 속으로 늘 기가 죽어 제대로 기뻐하지도 못하고 쭈뼛거리며 상장을 받곤 했습니다. 가끔 방송으로 조회를 할 때는 저의 그런 모습이 전교에 방송되었겠지요. 얼굴이 까맣고 머리는 떡이 진, 키 작은 어린이가 힘없이 상장을 받는 바보 같은 모습 말이에요. 제가 다니던 초등학교는 전교생이 천 명 정도 되었으니 그중 한 명 정도는 저를 의아하게 봤을 수도 있었겠단 생각이 듭니다. 평소에는 있는지 없는지도 모르는 아이가 이것…… 저것…… 자꾸만 상을 받으니까요. 어느 날 한 동네에 살긴 했지만 다른 반이었던 Y가 쉬는 시간에 저를 찾아왔습니다. 맞아요. 제가 정말 Y를 이해해보고자 했다면 저는 이 역할을 맡지 않았어야 했어요.

독후감 하나만 써줄래?

Y는 제가 독후감을 써주는 대신 제게 돈을 주었습니다. 만원이었는데요, 당시 버스비가 백오십원인가 백칠십원인가 했던 기억이 납니다. Y는 상을 타고서 제게 부럽다고 말했고 저는 만원으로 먹고 싶은 것을 사서 신발주머니에 숨겨두었다가 어머니에게 빗자루와 파리채로 두들겨 맞았습니다. 슈퍼에서 도둑질을 했다고 생각하신 모양이에요. 저는 실비아와 빼빼로를 샀었고 왜 그랬는지는 모르겠습니다만 어머니에게 끝내 사실을 말하지 못했습니다.

학교에서 유명했던 Y와 친해지면서 저는 친구들의 입에 오르내리게 되었습니다. 대부분이 쟨 뭐지? 같은 것들이었지만 확실히 저를 보는 눈빛에 호기심이 더해진 것을 느낄 수 있었습니다. 저는 처음에는 조금 들떴지만 곧 원래의 성격으로 돌아왔습니다. 한번은 초등학생 주제에 고백이라는 것을 받아보기도 했는데요, 그애는 엄청난 날라리였지요.

그것이 이유는 아니었지만 저는 그애의 고백에 아무런 대꾸도 하지 않았습니다. 여러 번 눈앞에 있는 그애를 못 본 것처럼, 그애의 말을 못 들은 것처럼 지나쳐버렸어요. 사람이 사람을 좋아한다고요? 대답해보세요. 사람이…… 사람을…… 좋아한다고요? 살아온 환경이 성격에 그렇게 큰 영향을 미치는 것은 아니라는 주장을 근래 들어본 적은 있지만서도 그즈음 저의 가정환경은 점점 더 나빠지고 있었습니다. 저의 생활 말이에요.

저라는 어린이의 생활을 망친 것은 아버지의 영향이 컸습니다.

이상하게 들릴지 모르겠습니다만 농촌마을에서 음주나 폭력 전과가 있는 것은 흔한 일입니다. 농사일을 하다가 새참으로 막걸리를 마시고 오토바이를 몰고 집으로 오다가 걸린 게 한두 번이 아닐 거거든요. 그러다가 싸움이 나는 일도 다반사고요. 하지만 아버지는 약간 달랐습니다. 사기와 살인 전과가 있었어요. 아버지는 살해 의도가 없었다고 주장했지만, 아, 저기…… 너무 마음을 열고 세상 모두를 이해하려고 하지 마시고요…… 꼰대 같은 사람은 많이 봤지만 당신처럼 완전히 열려 있는 사람은 오랜만에 보네요. 어떤 면에선 그게 사람을 더 열받게 만든다는 것 아시죠? 도대체 아버지는 왜 그러고 다녔을까요? 아버지는 아마도 형사 앞에서 그 이유를 털어놓았겠지만 그건 진실이 아니었을 거라고 생각합니다. 사람을 뭐 아무나 죽이나요.

아무튼 저는 그런 아버지를 두고 살았다는 것에 늘 마음 한구석에 심한 분노와 죄책감을 가지게 되었습니다. 아버지가 지금 어디서 뭘 하고 사는지는 모르겠지만 당신을 죽일 일은 없으니 일단 더 들어주실래요? 아, 뭐든 단언하는 것은 좋지 않으니 이 말은 취소하고 다시 제가 살던 동네 이야기를 할게요.

앞서 말했지만 그 마을엔 몇 가구만 빼놓고 전부 신씨였습니다. 제가 살던 집은 원래는 한 집인 것을 세 집으로 나눈 쓰러져가는 한옥이었는데, 좋은 점은 작지만 마당이 있었다는 것입니다. 그 집은 당시 전세 삼백만원이었던 것 같다고 어머니가 말해주었습니다. 그 마을 사람들은 대부분 넓은 땅과 집을 갖고 농사를 지었고, 그러니까 전셋집은 제가 살던 집과 새로 지은 양옥집의 반지하뿐이었는데, 새로 지은 양옥집은 Y의 집이었고 저희 가족이 세 들어 살던 집의 주인은 Y의 친척이었습니다. 저는 제가 Y의 집에 세 들어 사는 것이 아닌데 세 들어 사는 기분이었습니다. Y가 그런 걸로 뻐기거나 한 적은 없지만, 세 들어 산다는 건…… 복잡한 얘기겠습니다만 아무튼 기분이 좋진 않았어요.

세 집 중 가운데 집에 저희 가족이 살았습니다. 양옆의 집 중 왼쪽 집은 단칸방이었는데 처음엔 남편이 우체부인 신혼부부가 살았어요. 친절하고 다정한 부부였습니다. 당시 저는 제가 마당에 뱉어놓은 수박씨가 싹을 내고 꽃을 피운 뒤 수박의 형태로 자라나는 과정을 매일 새벽 관찰하는 취미가 있었습니다. 그리고 우체부 아저씨도 새벽 다섯시 반이면 오토바이를 몰고 출근을 했기 때문에 자연스레 매일 마주치게 되었고요. 그러던 어느 날이었습니다. 늦잠을 잤는데, 아저씨의 오토바이 소리에 잠에서 깨어나게 되었습니다. 졸린 눈을 비비며 마당으로 나갔을 때 저는 바퀴에 짓눌려 줄기가 끊어지기 일보 직전인 저의 수박을 보았습니다. 그게 뭐 붙인다고 붙나요. 딱 하나 맺힌, 벌써 새끼손톱만하게 자라난 저의 수박을 저는 그렇게 잃었습니다. 그리고 몇 개월 뒤에 새댁 언니는 오토바이 사고로 남편을 잃었습니다.

옛날 생각을 하면 저는 몇 개의 장면이 떠올라요. 방학이나 주말에 아저씨가 출근하고 난 뒤 새댁 언니가 깎아주던 오이의 맛, 그리고 그걸 깨물어 먹으면서 앨범을 보던 장면이요. 어쩐 일인지 새댁 언니나 아저씨의 얼굴 같은 건 생각이 잘 안 나지만 작은 방을 가려주던 천으로 된 발이 바람에 흔들리던 장면은 생생하네요.

아저씨는 사고가 나기 전날 저녁 제게 말했어요.

오토바이 타볼래?

집에는 언니와 제가 같이 있었지만 언니는 자고 있었습니다. 저는 고개를 끄덕였고 처음으로 오토바이에 타보게 되었지요. 아저씨와 저는 한 시간가량 저녁 길을 달리다가 옆 동네에 있는 독일빵집에 갔습니다.

먹고 싶은 거 다 골라.

저는 크림빵과 단팥빵을 골랐고 아저씨는 소시지가 든 빵과 고로케, 빵집 햄버거를 더 담아 계산을 했습니다. 새댁 언니와 아저씨는 유치원 선생님 이후 제가 처음으로 좋아한 어른이었어요. 두둑한 빵 봉지를 들고 저는 집으로 돌아왔습니다. 저는 새댁 언니에게 인사를 하고 방으로 들어가 언니와 빵을 먹었어요. 우리는 싸우기는커녕 이틀은 배 터지게 빵을 먹었습니다. 그때 빵 비쌌는데…… 당시 언니와 저는 일주일에 반 정도는 김칫국물에 밥을 비벼 끼니를 해결하곤 했습니다.

겨울이 지나고, 임신중이었던 새댁 언니가 떠난 방엔 필리핀 노동자 셋이 이사를 왔습니다. 옆 마을 박스공장에서 일하는 그들과 저는 자연스럽게 인사를 하고 지냈어요. 다른 대화는 없었고 그저 인사만 나누었습니다. 낯설거나 무섭다는 생각은 들지 않았지요. 요즘 같으면 상상하기 어려운 일입니다만 저는 종종 같이 저녁식사를 하며 용돈도 받곤 했습니다. 그들은 제가 인사를 하면 비스킷, 비스킷 하며 천원씩을 주었는데요, 가끔 과자가 먹고 싶으면 집 뒷문에 있는 수돗가로 가 괜히 손을 씻곤 했습니다. 물론 언니는 그들과 저녁식사를 한 적도, 용돈을 받은 적도 없었습니다.

저는 그들에게 야채참치를 넣은 수프 같은 것을 자주 얻어먹었고 Y는 그런 저에게 저기 가지 말고 자기 집에 와서 먹으라고 말했지만 저는 Y의 집에 가서는 라면만 얻어먹어도 체하기 일쑤였습니다. Y의 가족들은 제가 인사를 해도 받는 둥 마는 둥 했습니다. 그래서인지 Y와 저는 Y의 집보다는 저희 집에서 더 자주 놀았습니다. Y의 집에는 486 컴퓨터도 있었고 아르떼 피아노도 있었지만 저는 컴퓨터도 다룰 줄 몰랐고 피아노도 칠 줄 몰랐습니다. 다른 건 대충 해도 잘했습니다만 컴퓨터와 피아노는 배우지 않으면 할 수가 없더라고요.

문득 떠오르는 것이 있는데요, 스무 살 무렵 한 친구와 이런 주제로 이야기를 나눈 적이 있었습니다. 어떤 음식을 처음 먹어본 경험에 대한 이야기요. 저는 프링글스라는 과자와 오렌지라는 과일을 Y의 집에서 처음 먹어봤습니다. 프링글스라는 과자는 그 마을의 가게에선 팔지 않았어요. 대학생이었던 Y의 언니가 서울에서 사왔던 것 같습니다. 같이 이야기를 나눈 친구 역시 파인애플이라는 과일을 부잣집 친구네서 처음 먹어봤다는 이야기를 했던 기억이 나네요.

동네에는 구멍가게가 하나 있었습니다. 그 집 아들의 이름을 따서 귀석이네라고 불렀던 곳입니다. 가게 주인아주머니는 키가 아주 작고 마른 분이었는데 유난히 저를 예뻐해주셨습니다. 똘똘하게 생겨서는 가게 주인보다 셈을 잘한다고 말이에요. 주산 학원에 다닌 적도 없는데 저는 셈을 아주 빠르게 해냈습니다. 재미있었어요, 계산하는 것이. Y와 함께 슈퍼에 가면 저는 각자 고른 것을 계산해 각자 내민 돈에서 뺀 뒤 아주머니가 얼마를 거슬러주면 되는지 말해버리곤 했습니다. 통지표가 나온 날이면 아주머니께 칭찬과 함께 간식 선물도 받았지요. 그런 아주머니네 물건을 저는 왜 그렇게 많이 훔쳤을까요.

아버지 탓을 하자는 건 아닙니다만 정말로 배가 고파서 훔쳤습니다. 컵라면과 빵을 어찌나 많이 훔쳤던지…… 방법은 간단했어요. 친척동생을 시켜 껌 한 통을 오래 고른 뒤 계산하게 하고 저는 그사이에 챙겨간 비닐봉지에 먹을 것을 잔뜩 담아 계산을 마친 동생과 가게를 나왔던 것입니다. 동생을 시킬 수 없을 땐 언니와 함께 가게엘 갔습니다. 말없던 언니는 그때도 말없이 제가 하자는 대로 해주었습니다. 다섯 평쯤 되었을까요? 그 작은 구멍가게에서 아주머니가 제 도둑질을 모를 수가 없잖아요. 하지만 저는 꽤 오래 도둑질을 했습니다. 그리고 마지막까지 아주머니는 저나 저희 어머니에게 직접 말하지 않았습니다. 제가 같이 도둑질을 하자고 꼬드긴 사촌동생의 어머니, 그러니까 저의 이모에게 말했지요. 이모는 제게 이렇게 말했습니다.

그런 짓은 너 혼자 해.

필리핀 노동자들은 꽤 오래 살았는데 어느 날 학교에 갔다 오니 이사를 가고 없었습니다. 필리핀으로 돌아갔을까? 필리핀은 어디일까? 저는 야채참치맛 수프를 떠올리며 책에서 필리핀을 찾아보았습니다.

며칠 후에 형제가 이사를 왔습니다. 고아였던 것 같습니다. 한번도 그들을 찾아오는 어른을 본 적이 없었으니까요. 형은 이십대였고 동생은 고등학생이었습니다. 당시 저는 대충 자라 중학교 이학년 학생이 되어 있었고, 언니는 그 형제 중 동생과 같은 실업계 고등학교 같은 학년이었습니다.

한번은 대낮에 뱀 한 마리가 저희 집 문틈 사이로 들어가려고 하는 것을 형제 중 동생이 잡아준 적이 있었습니다. 저는 그날 처음으로 형제의 방을 두드렸고 뱀이 집안으로 들어가려고 한다는 제 말에 혼자 있던 동생은 비어 있던 1.5리터 코카콜라 페트병을 가지고 나와 뱀을 잡았습니다. 저는 뱀을 잡아달라고 말하지 못하고 쭈뼛거리면서 뱀이 집으로 들어가려고 한다고 말했습니다. 제가 무엇을 원하는지 알아들은 동생이 즉각 도움을 준 것이지요.

콜라향이 뱀을 유인한 건지 뭔지 아무튼 뱀은 아귀가 맞지 않는 미닫이문의 벌어진 틈을 비집고 들어가려 하다가 저 스스로 콜라 페트병 속으로 들어가버리고 말았습니다. 뱀을 잡은 동생은 별다른 말 없이 다시 자기 집으로 가 문을 닫았습니다. 슬쩍 웃는 것을 본 것도 같습니다만 그 일 이후 다시 형제 중 누구와도 마주할 일은 없었습니다. 훗날 저는 그의 정면 얼굴을 언니의 졸업앨범에서나 볼 수 있었어요. 없는 살림에도 도둑이 몇 번 든 적이 있었는데 형제를 의심하진 않았습니다. 도둑질이라는 건 글쎄요, 저도 도둑년이었으니까요.

동네에는 많은 또래 친구들이 있었지만 언니와 저는 동네 무리에 거의 끼지 못했습니다. 언니는 말이 없었는데 어느 정도였느냐 하면 하루종일 한마디를 할까 말까 하는 정도였습니다. 대신 저희 집에서 키우던 검은 개를 끌고 자주 동네를 돌아다녔는데, 가슴에 흰 번개 무늬가 있던 그 개는 무척이나 사나워 언니 말곤 모두를 물어뜯어버리고 다녔습니다. 저요? 저희 집에서 키우는 개였는데도 저 역시 다른 아이들처럼 도망이나 다니곤 했습니다.

동네의 거의 모든 집이 개를 키웠는데요, 묶어놓고 키우는 집은 저희 집 정도뿐이었습니다. 몇몇 집들은 개를 관리하는 것에 손을 놓고 있다가 개가 수십 마리가 되어 감당이 어려워지면 개장수를 부르곤 했지요. 동네 어른들은 때가 되면 눈여겨봐둔 개들을 어른

손바닥만한 나무토막 같은 걸로 머리를 여러 번 내려쳐 죽인 뒤 잡아먹곤 했습니다. 더 큰 개들은 커다란 목련나무 같은 데다 매달아놓고 아래에 불을 피워 털을 그슬렸고요. 목련나무가 있던 집 둘째 며느리는 글쎄요, 어느 날 개장수를 따라 집을 나가버렸다고 하네요.

언니는 대부분을 저와 둘이 놀았습니다. 그나마 저는 Y라도 있었지만 언니는 개와 걷거나 새를 잡거나 하면서 노는 것을 좋아했습니다. 물론 가끔 무리에 낄 때가 있긴 했습니다. 한적한 곳에 위치한 풍선공장에서 놀 때였습니다. 망해버린 풍선공장에는 헬륨가스가 든 풍선들이 가득 쌓여 있었어요. 버려져 있었던 거겠지요. 언니는 풍선을 마시고선 변해버린 목소리로 깔깔거리며 웃었습니다. 이상해 보일 수 있지만 언니만 그런 것이 아니었고 전부 다 그러고 놀았습니다. 그러다가 풍선 더미 위에서 낮잠도 자고 그랬는데……

풍선 더미 아래에서 시신을 발견한 것은 언니였습니다. 각자 알아서 놀고 있는데 언니가 우스운 목소리로 말했습니다.

여기 사람이 죽어 있다……

Y가 집으로 달려가 어른들께 그 사실을 알렸고 얼마 지나지 않아 경찰과 구급대원들이 온 것 같습니다. 저는 경찰들을 보고선 괜히 주눅이 들어 많은 사람들 뒤에 숨어 있었습니다. 죽은 사람은 젊은 남자였는데, 어른들이 임시로 몸을 덮어놓은 멍석 사이로 보이는 아주 하얀 팔다리에 마른 모래가 잔뜩 붙어 있는 걸 보았습니다. 아마도 물에 빠트려 죽인 다음 누군가 여기로 옮긴 것 같다고 어른들이 말했고 저 역시 그 추측이 맞는 것 같다고 생각했습니다. 아무튼 그후로는 풍선공장에 못 가게 되었습니다. 죽은 남자는 이 동네 사람은 아니었지만 죽인 사람은 이 동네 사람이었습니다. 그렇게 그해 여름이 갔습니다.

사건이 잠잠해질 무렵 믿음은 없었지만 Y를 따라 다니던 교회에서 또 한번의 사건이 있었습니다. 그러니까 누군가가 저 때문에 죽은 것은 아닙니다. 하지만 많은 사람의 삶을 달라지게 만들었어요. 많은 사람을 괴로운 삶으로 몰아넣었습니다. 이것이 꿈이거나 상상이면 좋겠는데…… 꿈이나 상상은 아니었습니다. 그때 저는 처음으로 진짜 손가락질을 받아보았습니다. 저를 향해 수군대거나 하는 느낌 같은 것이 아니라 사람들이 정말로 검지손가락을 들이대며 저에게 손가락질을 하는 거예요. 쟤가 그랬어, 쟤 때문이야, 이러면서요. 그것은 맞는 말이었고 무서운 말이었습니다. Y가 열심히 변명을 해주었지만 저는 그후로 교회에 가지 못했습니다.

Y의 집에도 아예 놀러갈 수 없게 되었고요. 모르겠어요, 집 말고는 자꾸만 갈 데가 없어졌어요…… 왜 그렇게 되었을까요. 그 집조차 저는 편하지가 않았는데요……

그래도 Y는 늘 제 곁에 있어주었습니다.

뭐든 대충 하던 저와는 달리 Y는 뭐든지 열심히 했습니다. 무언가를 열심히 하는 사람을 보면 저는 글쎄요, 양가적인 감정이 들었습니다만 Y에게는 그러지 않았어요. 열심히 하는 모든 것들을 늘 저보다 못했음에도 변함없이 노력하는 모습에 진심으로 대단하다고 생각한 적이 많았습니다. 그리고 Y가 사주는 간식 같은 것들도 고맙다고만 생각했지 다른 마음은 없었습니다. Y는 겉으로 보이기엔 부잣집의 귀한 딸이었으나 실은 아들을 낳기 위해 계속 낳던 딸 중 하나일 뿐이었습니다. 세번째요. Y에게 남동생이 생긴 후 집에서 찬밥 신세가 되어가는 것을 저는 지켜보게 되었습니다. 그래서일까요? 저와 Y는 시간이 가면서 더욱 가까워졌습니다. Y는 늘 저에게 갚지 않아도 된다면서 돈을 꿔주는 등 여러 면에서 챙겨주었고 저 역시 Y의 든든한 친구가 되어주었습니다. Y는 밝고 활발하게, 그러니까 잘 지냈지만 속으로는 뭔가 슬픔이 있는 것 같았어요. Y가 저에게 시시콜콜하게 이야기하지는 않았지만 저는 알 수 있었습니다. Y보다 불행을 먼저 겪은 선배 같은 거였으니까요.

저는 그런 상황이 싫지 않았습니다. 저의 불우한 환경이 누군가에게 위로가 되는 것같이 느껴졌거든요. 그러니까 제가 썩 괜찮은 사람같이 느껴지는……

Y와 저는 수다와는 거리가 멀었고 대부분의 시간에 같이 걸어 다니면서 시간을 보내곤 했습니다. 매일 기본으로 두 시간은 걸었는데요, 집에서 학교까지 걸어다녔기 때문이지요. 두 살 터울인 언니와도 같은 학교를 다녔지만 아주 저학년일 때 말곤 같이 다닐 일이 많지 않았어요.

제가 초등학교 저학년일 때는 교실이 모자라 오전반, 오후반으로 나뉘어 있었습니다. 오전반인 날이면 언니가 끝날 때까지 몇 시간이고 복도에서 언니를 기다리곤 했지요. 놀이터나 운동장이나 뭐 어디 가 있지도 않고 복도에서 수업을 듣는 언니를 보고 있으면 언니가 쉬는 시간에 나와 제가 잘 있나 봐주었습니다. 언니는 별다른 말은 없었고 그저 손을 잡아주면서 조금만 더 기다리라고 말했던 것 같습니다. 어릴 때를 생각하면 그저 언니의 낡은 옷이 떠오릅니다. 제 옷들은 잘 기억이 나질 않는데 이상하게 언니의 낡고 해진 옷이 선명하게 떠올라요.

아무튼 어린이였던 저는 학교가 끝나면 언니의 손을 잡고 집까지 걸었습니다. 갑자기 비가 온다고 어머니가 학교로 우산을 들고 온다거나 하는 일은 초등학교를 다닌 육 년 내내 일어나지 않았습니다. 언니와 저는 비가 오면 비를 맞았고 가끔 그런 날엔 버스를 타기도 했습니다. 아무튼 대부분은 걸었지요. 버스로 다섯 정거장이었는데, 걸어오면서 무슨 얘길 했는지 그런 것도 기억에 없고 그냥 걸은 기억만 납니다. 지금 걸어도 긴 그 길을 저는 언니와 둘이 걸었고 고학년이 될 무렵부터는 Y와 걸었습니다. 안전한 하굣길은 아니었기 때문에 늘 약간의 긴장 상태로 집에 갔던 것 같습니다. 크면서 겁 같은 것이 생긴 것이지요. 읍내는 읍내여서 무서웠고 동네에 들어서면 논밭과 공장만 있어 무서웠습니다. 무슨 일이 일어나도 주변에 사람이 없으니 꼼짝없이 당하고 말 거라는 생각이 들었어요. 실제로 추수가 끝난 논에 난 둑길 같은 데에는 공사장에서 쓰다 굴러온 원형 시멘트 굴 같은 것이 여기저기 놓여 있었고 그 안에서 모르는 아저씨들이랄지 외국인들이 개 같은 것을 구워 술을 마시던 것을 자주 볼 수 있었거든요. 가로등도 별로 없을 때라 해가 지기 전에 아이들은 전부 집으로 돌아갔습니다. 당시 고등학생으로, 다리를 건너자마자 있는 집에 살던 언니가 성폭행을 당한 적이 있었다는 이야기는 스물이 넘어 전해들었습니다.

제가 거기 살 때 그런 일을 당한 적은 없었습니다만 이상한 아저씨가 한 명 있긴 했습니다. 그러고 보니 그 동네에서 유일하게 별명이 있었던 사람이네요. 제가 살던 집에서 이 분 정도 거리에 살던 아저씨였는데 부인과 장성한 딸이 있음에도 동네 여자아이들만 보면 얼굴을 움켜잡고 뽀뽀를 하고 다녔습니다. 그의 별명은 뽀뽀 아저씨였습니다. 저도 셀 수 없이 많은 뽀뽀를 당했습니다만 그나마 동네 아이들 중 가장 정색을 하는 아이였을 것입니다. 기본적으로 주눅이 들어 얌전하게 지냈지만 어쩐지 뽀뽀 아저씨에게는 화를 잘 내곤 했습니다. 그래서 가장 덜 당한 축에 속할 수 있었지요.

우리들은 멀리서 뽀뽀 아저씨가 보이면 전력질주로 그를 피해 가곤 했는데 대충 달리던 저조차 그때만큼은 전력질주를 할 수밖에 없었어요. 힘이 좀 약하거나 느리면 뽀뽀 아저씨에게 잡혀 뽀뽀를 당했는데요, 얼굴 여기저기 뽀뽀를 한 다음 놓아주곤 했습니다. 지금 생각하니 당장에라도 고소를 하고 싶은 심정입니다만 당시엔 그저 일상이었습니다. 쌍꺼풀이 아주 짙었던 그 아저씨가 그런 행동을 하기 시작한 것은 손녀를 잃은 후부터라고 들었는데요, 그러고 보니 그 얘긴 누구 입에서 나온 얘기인지 모르겠고, 그러니 진실인지 아닌지도 모르겠습니다. 뽀뽀 아저씨의 집 길목에서 전력질주를 시작하면 그다음 집에서 키우는 개 스물 몇 마리가 짖으면서 우릴 따라왔습니다. 지금은 둘째가라면 서러운 애견인입니다만 당시 저는 개를 아주 싫어했습니다. 무서워한 거지요.

꼭 그래야 하는 것은 아니지만 저는 농촌마을에서 자란 것치고 동식물에 큰 관심이 없었습니다. 제가 뱉은 씨에서 자라난 수박 말고는 저희 집 개조차 무서워할 뿐 다른 관심은 없었어요. 한

번은 술래잡기를 할 때였습니다. 마당 옆 고추밭에 숨었던 언니가 한참 후에 나오더니 이렇게 말했어요.

뱀을 봤다.

언니는 상기된 표정으로 말했습니다. 저희 집 마당 옆에 있던 고추밭이었습니다만 저희 집 밭은 아니었어요. 그렇지만 사실 된장찌개 같은 것을 할 때 고추를 몇 개씩 몰래 따다 먹곤 했거든요? 그런 심부름은 거의 제 몫이었고요. 저는 언니가 뱀을 봤다고 말한 뒤로 어머니의 심부름을 하지 못했습니다. 물론 뱀이야 한두 번 본 것이 아니었지만 뭐랄까 언니가 말하면 어떤 진리처럼 받아들여졌습니다. 멀리 있는 뱀을 보고 놀란 정도가 아니라 언제든 절 물어 죽일 독사가 제 생활 깊숙이 들어온 느낌이었어요.

고추밭의 뱀이야 피할 수 있었지만 동네의 개들을 피할 수는 없었습니다. 그건 이모부의 심부름 때문이었습니다. 심부름…… 돌이켜보니 저는 어릴 때부터 꽤 많은 심부름을 하고 살았습니다. 어린이는 어른의 심부름을 하고 자라나는 거라고는 하지만 제 경우엔 그게 좀 과했다는 생각이 듭니다. 시간을 되돌릴 수만 있다면 저는 돈도 받고 싶지 않고 심부름도 하고 싶지 않습니다. 아니면 지금 심부름값으로 받은 돈을 다 토해낼 테니 당신이 내 심부름을 해! 라고 소리치고 싶기도 합니다. 요즘 어린이들도 심부름을 하겠지요?

……하긴 하나요?

저는 어머니와 이모부, 그리고 저희 집의 오른쪽 집에 오래 살았던 아주머니의 심부름을 도맡아 했습니다. 아주머니는 제가 이사를 간 후에도 몇 년 그 집에 살았으니 족히 십오 년은 그 동네에 산 셈입니다. 제가 어른들의 심부름을 도맡긴 했지만 그냥 한 것은 아니었고 할 때마다 약간의 심부름값을 받았습니다. 뭐, 돈도 돈이지만 빠르게 일처리를 할 때마다 따라오는 칭찬이 제 심부름의 원동력이었던 것 같습니다. 훈련을 받는 병사처럼 부름을 받을 때마다 재깍재깍 움직였지요. 가끔은 밤 열시에도 불려가곤 했습니다. 가로등이 거의 없는 그 마을의 밤길을, 저는 목줄 없는 수십 마리의 개들과 맞닥뜨리며 걸었습니다. 이모부와 옆집 아주머니에게도 제 또래의 자식들이 있었습니다만 이상하게도 심부름은 제 몫이었습니다. 지금 생각하니 왜 나에게만 심부름을 시켰을까 싶지만 그때는 그게 당연하다고 생각했고 바로 그 지점이 저는 못내 서운했습니다. 서운했고…… 화가 났습니다.

제가 주로 산 것들은 두꺼비가 그려진 진로 소주와 담배였습니다다. 한꺼번에 많이 사두면 될 텐데 이모부는 꼭 한 번에 소주 한 병, 담배 한 갑씩만 사오라고 했습니다. 크레도스였나? 차도 있으면서 미리 사다두지 않고요. 용돈이라면서 돈을 준 적은 없고 늘 심부름을 시킨 뒤 돈을 주었는데요, 대개 만원을 주었기 때문에 남은 돈은 전부 제 몫이었습니다. 큰돈이었지요. 어떤 면에선 아주 고마운 일이었으나 가끔은 돈 대신 따뜻한 말을 듣고 싶었습니다.

옆집 아주머니가 제게 가장 많이 시킨 일은 아이와 관련된 것이었습니다. 저보다 다섯 살인가 어린 남자아이였는데 얌전한 아이여서 그애와 같이 있는 것이 어렵거나 불편하지는 않았습니다. 오히려 그애가 불편했을지도 모르지요. 말없는 누나들과 같이 밥을 먹고 텔레비전을 봐야 했으니까요. 게다가 그 밥이라는 것도 감자나 무 같은 것을 밥보다 많이 넣은, 그러니까 밥인지 반찬인지도 모르겠고 달지도 맵지도 않은 말도 안 되는 볶음밥이었습니다. 다행히 그애는 투정 없이 밥을 먹었습니다. 튼튼했고 아주 잘 먹는 아이였다는 기억이 납니다. 늘 밥까지 제가 해 먹인 것은 아니었고 아주머니도 가끔 고추장이 아닌 불고기양념 같은 맛을 내는 떡볶이를 만들어주었습니다. 그랬음에도…… 저는 그애가 싫지 않았지만 그 아주머니는 싫었습니다. 어딘지 제 어머니를 무시하는 것처럼 느껴졌거든요. 사실 그 아주머니는 좋은 사람이었고 어머니와 무척이나 친하게 지냈습니다. 아마도 많은 도움을 받았을 거예요. 그러니까 그저 저 혼자만 이유 없이 옆집 어른을 싫어한 셈이지요. 저는 오랫동안 대부분의 어른을 싫어했습니다.

아주머니의 남편도 우체부였습니다. 한때 이웃한 양쪽 집의 남편들이 전부 우체부라는 직업을 가졌던 것인데요, 그래서일까요? 아버지에게 온 고소장 같은 것도 아주머니의 남편에게 받았지요. 저는 우리 아빠도 우체부였다면, 하고 생각한 적이 많았습니다. 왜 같은 인간이면서 누군가는 우체부고 누군가는 살인자인가요.

제가 스물둘쯤 되었을 때일 겁니다. 아주머니는 당시 고등학생이던 아들의 미술 수행평가를 위한 그림을 그려달라고 어머니에게 부탁했고 고된 몸을 이끌고 퇴근한 언니는 그걸 해야 할 상황에 놓였습니다. 저는 외출한 뒤 돌아와서 한숨을 쉬는 언니를 보고서 아주머니에게 전화를 걸었어요.

안녕하세요?
응, 그거 하고 있어?
아주머니. 이거 가져가서 직접 하세요.
어려워? 이따가 열시까지만 하면 돼.
지금 가져가세요.
수행평가 점수도 중요하다고 하네?

네. 중요하니까 직접 하세요.

아주머니는 당시 저희 집에서 걸어서 십오 분 정도 거리에 살았는데요, 곧장 달려와서는 화를 냈습니다.

도대체 이런 거를 왜 아직도 저희한테 시키세요.

아주머니는 눈동자를 위아래로 움직이고 입을 크게 벌려가며 화를 냈습니다. 침들이 튀었고, 저는 오십세가 넘은 어른이 어린이처럼 삐친 표정을 한 것을 처음 보았어요. 재미있는 얼굴이었습니다.

다음에 또 이러지 마시고요.

어머니는 제 뒤에 서서 아주머니에게 미안하다고 말했지만 아주머니는 내내 화를 내다가 어머니를 쳐다보며 다음부터는 아예 연락할 일이 없을 거라고 말하고 가버렸습니다. 어머니는 저로 인한 아주머니와의 갑작스러운 절교에 당황한 것 같았지만 몇 개월 뒤 제게 이렇게 말했습니다.

내 딸이 최고다!

*

저는 그 마을에서 십오 년가량 살다가 중학교 졸업 전에 멀리 떨어진 곳으로 이사를 갔습니다. 그리고 고등학교를 다른 곳으로 진학한 뒤로 저와 Y는 가끔씩만 만날 수 있었습니다. 저는 아침 일곱시부터 밤 열한시까지 학교에 있었고 주말에 Y는 교회에 갔으므로 정말 만날 시간이 많지 않았지요. Y는 어릴 때와 달리 점점 내성적인 성격으로 변해갔고 저는 잠도 많고 반항심도 많은, 존재감 없는 양아치로 변모하고 있었습니다. 전보다 많은 것을 더 대충 했고 그러자 성적도 예전만 못했지만 신경쓰지 않았습니다. 저는 비평준화지역의 명문 고등학교를 거쳐 대학마저 입학하고 말았지요. 어머니와 언니는 저를 위해 등록금을 마련해주었습니다.

그 마을에서 산 날들을, 다른 곳에서 산 날들이 앞질렀으나.

저는 언니가 초보운전일 때 실수로 지하차도로 들어가는 바람에 우연히 그 마을에 들어섰다가 그만 토를 하고 말았지요.

스물다섯인가 여섯쯤 되었을까요? Y의 가족들은 가진 땅에 대한 어마어마한 보상금을 받고 이사를 했다고 합니다. 제가 중학교 이학년이 되었을 무렵부터 신도시 개발이 시작되어 주변에 그런 집들이 흔하긴 했습니다만 저와는 상관없는 이야기였습니다. 어쩐지 당시의 저는 또다시 주눅이 든 내성적인 인간으로 돌아와 있었고 Y는 우리가 어린이일 때처럼 밝고 당찬 인간으로 돌아와 있었습니다. 그러니까 말하자면, 저와 Y 모두 제자리로 돌아온 느낌이 들었어요.

Y는 자신의 결혼 소식을 전하고 싶어 오랜만에 연락을 했다고 했습니다. Y는 아주 예쁘게 하고 나타났어요. 제가 약속 시간에 늦는 바람에 Y는 잠시 카페에서 시간을 보내다가 저와 약속한 술집으로 왔다고 했지요. Y와 결혼하기로 한 남자가 나타났고 셋이서 맥주를 몇 잔 마셨습니다. 당시 저는 단벌 신사라는 별명이 있었고 사귀는 사람이 없었습니다. Y의 예비 신랑은 저에게 상의 없이 자신의 동성 친구를 불렀고 저는 그만 술에 취해 과장된 말과 몸짓으로 모두를 불편하게 만들었습니다. 제가 사귀는 사람이 없다고 했지 남자친구를 소개시켜달라고 한 것도 아닌데 왜 모르는 남자를 불러서 저를 그 지경에 몰아넣었을까요. 제가 당황하면 더 과장하고 그러거든요. 그리고 제가 여자를 좋아할 수도 있잖아요. 하지만 Y는 제게 그런 것을 묻지 않았지요. 물을 리가 없지요.

헤어지려고 횡단보도에서 신호를 기다리고 있을 때였습니다. Y가 가방에서 무언가 꺼냈어요. 그것은 저를 기다리던 카페에서 먹다 남은 샌드위치였습니다. 물론 깨끗한 샌드위치였지만.

너 옛날부터 싸 가는 거 좋아했잖아.

Y가 말했고 저는 얼굴이 붉어졌지요.

기억이 납니다. 언니를 맛 보여주려고, 처음 보는 음식이라서, Y의 집에서가 아니면 먹을 수 없을 것 같은 음식이라서, 그러니까 말하자면 돈이 없어서 Y가 남긴 음식을 싸 가지고 다녔던 모습들 말이에요.

힘들 때 잠깐씩 나는 배우고, 지금 연기를 하고 있어, 라고 생각하면 마음이 편해지곤 했는데요, 이제는 진절머리가 납니다. 연기였다면 저는 아마 최선을 다했을 거예요. 배우들은 자신이 맡은 배역을 사랑하니까요. 하지만 저는 그러기가 싫었습니다. 제가 저같이 살아온 삶을 연기하는 배우가 아니라…… 그게 진짜 제 삶이었으니까요.

해설

한낮의 우울

권희철(문학평론가)

* 우울증에 관한 앤드류 솔로몬의 책 『한낮의 우울』(민승남 옮김, 민음사, 2004)에서 제목을 따왔다.

이주란의 소설을 읽고 우리가 이야기해야 하는 것은 아마도 이런 것일 테다. '없는 자들無産者의 삶'을 표현하기. 그것을 사회적 배경으로 함부로 환원해버리지 않고 그렇다고 분노나 원한으로 덧칠해버리지도 않기. 너무나 사소해서 거기에 어떤 의미나 가치가 있을까 싶은 없는 자들의 삶의 순간들을 담담하고 무심한 체하면서도 구체적이고 섬세하게 묘사해내는 바람에 그것을 독자인 우리들이 더이상 심상하게 넘겨버릴 수 없는 나름의 절박하고 소중한 순간들로 제자리를 찾게 해주기. 그러한 순간들로 빼곡하게 채워져 있기 때문에 '(있는 자들을 위한) 세상의 이치'의 위협과 그것이 요구하는 것들에 너무 쉽게 굴복하지 않는 삶을 그리기. 그러한 순간들로 빼곡하게 채워져 있는 타인의 삶을 우리가 완전히 공감하거나 이해할 수는 없다고 하더라도 함부로 규정하거나 판단해버리지 않도록 도와주기. 굴욕감과 수치심 그리고 혐오와 죄책감 속으로 숨어들지 않는 삶을 표현하기. 이미 처음에 지적한 것이지만 이 모든 일들을 '없는 자들의 삶'이라는 구체적 현실 속에 머물면서, 추상화되기 쉽고 그러는 바람에 몽롱한 아름다움에 머무를 위험이 있는 '인간적인 것'으로 너무 쉽게 날아오르지 않기. 지금까지 제출된 이주란 소설에 대한 여러 평문들이 이미 이 점을 정당하게 지적하거나 암시했고[1] 이 글도 마땅히 이 방향의 이야기들에 합류해야 옳을 것이다. 물론 그것이 옳겠지만,

어쩐 일인지 나는 그 정당한 이야기들의 대열에 합류하는 데 실패하고 말았다. 내가 이주란의 소설을 잘못 읽은 탓일 텐데, 소설을 잘못 읽고 떠오른 단상들을 '해설'이라는 이름으로 소설집에 함께 실어도 되는 것일까? 그래서는 안 되겠지만,

---

1) 백지은, 「차갑고 치열한 심정으로」, 『모두 다른 아버지』, 민음사, 2017, 이지은, 「'헛' 같은 내 인생」, 『문학동네』 2018년 여름호, 김대성, 「아무도 아닌 단 한 사람」, 『21세기 문학』, 2018년 가을호.

*

이주란의 소설을 읽다보면 무엇인가가 메아리치고 있다는 인상을 받게 된다. 「멀리 떨어진 곳의 이야기」의 어떤 구절을 「H에게」가 이어받고 있는 장면[2]이나 아픈 강아지의 냄새, 미국 여행 에피소드, 연인(이 되어가는) M과의 만남, 각별한 모녀 혹은 자매 관계, 나를 위해주는 것인지 나에게 위해를 가하는지 알 수 없는 교회 다니는 친구, 나에게 "그렇게 살지 말라"고 말하는 사람, 시끄

2) 「멀리 떨어진 곳의 이야기」는 다음과 같은 문장들로 끝난다. "어떤 소설가는 한때 멀리 떨어진 곳에 대한 이야기를 듣는 걸 병적으로 좋아했다고 한다. 그를 만나게 된다면 농담을 절반쯤 섞어 내가 태어나고 자란 곳에 대해 얘기하고 싶다. 지금도 그가 그런 이야기를 좋아할지는 모르겠지만."(116쪽). 「H에게」의 초반에는 이런 문장들이 있어 곧바로 「멀리 떨어진 곳의 이야기」를 떠올리게 한다. "제가 유년기를 보낸 곳은 경기 북부의 한 농촌마을이었습니다. (……) 언급한 적은 몇 번 있지만 그곳에 대해 열심히 말하고자 하는 것은 이번이 처음입니다. 당신이 지금도 멀리 떨어진 곳의 이야기를 듣는 것을 좋아하는지는 모르겠습니다만……" (250~251쪽). 한편, 여기서 언급되는 "어떤 소설가" 혹은 "H"는 무라카미 하루키, 좀더 정확히는 그의 초기작 「1973년의 핀볼」 속 소설가 화자를 가리키는 것으로 보인다. 무라카미 하루키는 이렇게 썼다. "나는 낯선 고장에 대한 이야기를 듣는 걸 병적이라고 할 만큼 좋아했다. (……) 한때는 닥치는 대로 주변 사람들을 붙잡고 태어난 고향이나 자란 고장에 관한 이야기를 물으며 돌아다닌 적이 있다." (『바람의 노래를 들어라/1973년의 핀볼』, 윤성원 옮김, 문학사상사, 1996, 129쪽) 그러나 이 소설이 이주란의 소설과 특별한 의미 연관을 맺는 것 같지는 않다. 다만 이 글의 본문에서 이어질 내용과 관련해 「1973년의 핀볼」에서 작중인물인 소설가가 사랑했던 나오코의 죽음이 스치듯 언급되면서도 전체 분위기의 중요한 토대가 되고 있다는 사실은 지적해볼 수 있겠다.

럽다며 문을 두드리는 아래층 사람 등이 여러 단편에서 반복해서 발견된다는 사실[3)]도 물론 이런 인상을 만들어내는 데 기여한다.

3) 중요한 사항은 아니지만 사실 관계를 확인하고 싶어할 독자들의 수고를 덜기 위해 반복되는 요소들을 나열해보면 아래와 같다. ① 아픈 강아지의 냄새 : "자고 있던 강아지가 나와 M을 탐색했다. (……) 냄새가 심하다. 아파서 그래.", 「멀리 떨어진 곳의 이야기」, 99쪽, "조지영은 (……) 눈을 감고 어릴 적 키우던 강아지의 아픈 냄새를 떠올렸다." 「사라진 것들 그리고 사라질 것들」, 178쪽, "생각을 하느라고 눈을 감으면 여름이의 냄새를 맡을 수 있기 때문이다. 오래 아팠기 때문에 옥수수처럼 고소하거나 그런 냄새가 아니긴 한데", 「준과 나의 여름」, 189쪽. ② 미국 여행 에피소드 : "샌프란시스코 해변가의 동물원에서 수진은 회전목마를 타고 싶어했다.", 「나 어떡해」, 242쪽, "어느새 연말이 다가왔고 M과 나는 샌프란시스코행 비행기에 올랐다." 「일상생활」, 131쪽, "연말에는 내가 메시지를 보냈었는데 여행중이라고 했다. (……) 수연은 미국엘 다녀왔다고 했는데 내가 어땠느냐고 묻자 그냥 좋았다고 대답했다." 「그냥, 수연」, 221쪽. ③ 연인(이 되어가는) M과의 만남 : "M은 (……) 늘 한결같은 시선으로 나를 바라봐준다.", 「넌 쉽게 말했지만」, 59쪽, "M과 나는 어떤 사이인가.", 「멀리 떨어진 곳의 이야기」, 103쪽, "혹시 M이 나를 떠나진 않을까, 그런 생각도 든다.", 「일상생활」, 120쪽, 그리고 아마도 「나 어떡해」의 재호와 「그냥, 수연」의 수연의 남자친구. ④ 각별한 모녀 혹은 자매 관계 : 「한 사람을 위한 마음」, 「넌 쉽게 말했지만」, 「멀리 떨어진 곳의 이야기」, 「일상생활」, 「사라진 것들 그리고 사라질 것들」, 「준과 나의 여름」, 「H에게」. ⑤ 나를 위해주는 것인지 나에게 위해를 가하는지 알 수 없는 크리스천 친구 : "〔잘 들어갔니? 나 사실 네 기도 매일 해. 또 보자.〕 (……) 〔난 괜찮으니까 네 기도를 많이 해. 잘 자! ^^〕", 「한 사람을 위한 마음」, 25쪽, "조지영은 그런 안정아를 개독이라고 욕하면서 연락이 와도 답장을 하지 않았다.", 「사라진 것들 그리고 사라질 것들」, 166쪽, "믿음은 없었지만 Y를 따라다니던 교회에서 또 한번의 사건이 있었습니다.", 「H에게」, 263쪽. ⑥ '그렇게 살지 말라'고 말하는 누군가 : "씨발 너 진짜 인생 그렇게 살지 마라.", 「넌 쉽게 말했지만」, 80쪽, "나는 몇 년 전에 후배에게 '그렇게 살지 말라'는 말을 들은 적이 있다.", 「일상생활」, 122쪽, "문자메시지의 요지가 '조선생님 어제 너무 우스웠고 앞으로는 그렇게 살지 말라'는 것이었

이주란의 단편들은 서로가 서로를 부르고 대답한다는, 그 과정에서 조금씩 변주되며 동일한 무엇인가가 반복되거나 이어진다는.

하지만 이 인상의 핵심이, 이주란의 소설들 사이에는 언제나 자기반영적인 요소가 있다거나, 그런 식으로 이주란의 소설들을 연달아 읽어낼 때 숨겨진 닮은꼴 그림들을 찾아내는 재미가 있다거나, 그런 닮은꼴 그림들을 중심으로 이주란의 소설세계를 재구성해서 독특한 연작의 형식으로 읽어볼 수도 있다는 점에 있는 것 같지는 않다. 이주란의 소설에서 메아리치고 있는 '그것'에 대해 말하기 위해 「한 사람을 위한 마음」(①)과 「멀리 떨어진 곳의 이야기」(②) 그리고 「사라진 것들 그리고 사라질 것들」(③)을 겹쳐 읽어보면 어떨까.

이 세 단편이 포함하고 있는 이야기들을 순서대로 정리해보면 이렇게 된다. ① 나(조지영)는 학원에서 아이들을 가르치는 일을 그만둔 뒤로 동네서점에서 일하게 되었고 사장 부부의 신임을 얻어 고교 참고서 위주의 한적한 서점에 내가 좋아하는 새 책들을

기 때문이다.", 「사라진 것들 그리고 사라질 것들」, 167쪽, "우리는 결국 서로를 향해 '그렇게 살지 말라'고 말한 뒤 헤어졌다.", 「그냥, 수연」, 225쪽. ⑦ 시끄럽다며 문을 두드리는 아랫집 사람 : "볼륨 좀 줄여. (……) 말했잖아, 아랫집 아저씨. (……) 그래도 무섭단 말이야.", 「멀리 떨어진 곳의 이야기」, 111쪽, "아랫집 아저씨에 대한 공포 (……) 아랫집 아저씨는 새벽에 찾아와 문을 두드리며 욕을 한다.", 「일상생활」, 121쪽, "누군가가 문을 두드리며 뭐라고 말했다. (……) 시끄럽다는 이유로 아래층에서 경찰에 신고를 했다고 했다.", 「사라진 것들 그리고 사라질 것들」, 152쪽.

들여놓기로 했으며 이 일을 계기로 내일을 기다리는 설레는 기분을 알게 됐다. 비슷한 시기에 옆 가게에서 파스타를 파는 준호씨와 모종의 관계가 시작되려는 참이기도 하다. 한편 나는 언니가 죽은 뒤로 엄마와 함께 언니의 딸 송이를 보살펴야 했는데, 이 여성 삼대는 이제는 세상에 없게 된 한 사람을 함께 그리워하면서 서로를 사랑하고 서로가 살아갈 수 있게 만들어준다. 그러는 와중에 조카 송이는 어버이날을 기념한 저녁식사 자리에서 성을 바꿔 '조송이'로 개명하고 싶다고 말한다. 왜? "이모[조지영]가 좋으니까."(42쪽) ② 예나 지금이나 가난했고 앞으로도 가난할 것이 확실한 '나'는 스웨덴으로 떠나버린 '그'가 돌아올 것으로 믿(는 체하)고 있으면서도 다른 남자 M과 모종의 관계를 시작하려 했지만 M의 옛 연인 E가 돌아오는 바람에 혼자 남겨진다. 이런 상황 속에서 나는 언니가 자꾸만 맡기려 드는 조카 류서를 돌보기도 해야 했는데, 류서는 여느 아이들이 그렇듯 때때로 심술궂게 굴어 내 신경을 긁고 나도 특별히 다정한 이모는 아니다. "그 계집애가 어디를 뒤졌는지 내가 써둔 유서를 들고 나와 이모가 자기한테 편지를 썼다면서 내 이름은 유서가 아니고 류서라고 말"(84쪽)한 적도 있다. 또 류서는 "이모, 이모는 가난하지?"(102쪽)라고 도발한 적이 있고 그때 뭐라고 대답했으면 좋았을지 생각하다가 "너 어디 커서 나만큼 사나보자"(114쪽)고도 나는 생각한다. ③ 언니 조수영은 동생 조지영이 죽었다는 연락을 받고 장례를 치른 뒤 동생이 살던 방을 찾아가 유품들을 정리하다가 동생의 일기장을 읽으며 동생 조지영의 어떤 순간들을 생각한다. 그렇다고 해서 동생이 왜 스스로 목숨을 끊었는지 이해할 수 있게 된 것은 아니지만, 생각하고 또 생각한다.

이 세 겹의 이야기에서 죽음이 혹은 죽음을 향한 충동이 메아리치고 있다고 말할 수는 없을까. 「사라진 것들 그리고 사라질 것들」에서 남겨진 언니 조수영이 자살한 동생 조지영을 기억하게 했던 것을 「한 사람을 위한 마음」에서는 역할을 바꿔 남겨진 동생 조지영이 죽은 언니를 기억하게 한 것이니까. 죽은 언니[4]에 대한 기억을 더 강렬하게 슬픈 것으로 바꿔놓는 동시에 그 감정의 동요를 삶에 대한 의욕으로 바꿔놓는 데 기여하는 것처럼 보이는 「한 사람을 위한 마음」의 사랑스러운 조카 송이의 모습을 「멀리 떨어진 곳의 이야기」에서는 약간은 철없고 심술궂은 조카 류서로 바꿔놓고 언니와 동생 모두를 살아 있게 하는 대신 동생으로 하여금 유서를 쓰게 만들고 그것을 조카 류서가 발견하게 만들고 있으니까. 엄마가 있기도 하고 없기도 하고, 조카의 표정과 집안의 분위기가 달라지며, 언니와 동생이 역할을 바꾸거나 죽음이 유서로 대체되

---

4) 「한 사람을 위한 마음」에서 언니가 어떻게 죽음에 이르렀는지 표현되어 있지는 않다. 하지만 조지영이 "언니와의 마지막 기억"(11쪽)에 각별한 슬픔과 고통을 느끼는 장면에서 어쩌면 그것이 자살이었을지도 모른다는 막연한 추측을 하게 된다. 게다가 이 단편이 시작하는 장면에서 "고교 시절 함께 절친했던 선배가 자살"(10쪽)한 사연이 스치듯 언급되는 것도 우연은 아닌 것 같다.

기도 하지만, 이 모든 변주들 아래 죽음 혹은 죽음을 향한 충동이 놓여 있는 것은 분명해 보인다.

(따지고 보면, 이주란의 데뷔작 「선물」은 엄마의 자살을 배경으로 언니와 동생의 임박한 자살을 그로테스크하게 그리고 있는 것이기도 하다. 「선물」의 마지막 세 문장은 이런 것이다. "식칼을 든 언니의 손이 움직인다. 나는 가만히 눈을 감고 생각한다. 이것〔자살의 가능성?〕이야말로…… 이것이야말로 신이 우리에게 주신 작지만 가장 뛰어난 선물이다."(『모두 다른 아버지』, 민음사, 2017, 159쪽) 첫 소설집 『모두 다른 아버지』에서 가장 인상적인 세 편의 소설 「누나에 따르면」 「윤희의 휴일」 「몇 개의 선」도 각각 자살미수 사건을 배경으로 깔고 있거나 윤희가 자살에 이르기까지의 시간들을 따라가거나 자살한 그와 연관되는 글쓰기로 되어 있다. 많이 완화된 형태이기는 하지만 이 소설집 『한 사람을 위한 마음』에 실린 「넌 쉽게 말했지만」의 "이삿짐을 싸던 날 역시 나는 많이 울었는데 그간의 눈물과는 좀 다른 느낌이었다. 아, 이제 살았다, 뭐 그런 생각도 조금 들었던 것 같다."(64쪽) "마지막엔 정말이지 뛰어내리고 싶었다."(79쪽)나 「일상생활」의 "나는 매주 유서를 쓰기로 결심했다."(122쪽) "점차 심해지는 증상들 때문에 일상생활이 불가능할 정도였다. 나는 매일 울었고 매일 죽고 싶었다."(133쪽)와 같은 표현들도 심상히 넘겨지지 않는다.)

*

그러니까 이제 '죽음'에 대해 말할 차례다. 이주란 소설 속 인물들은 왜 자살하거나 자살하고 싶어하는가? 혹은 왜 그렇게 자살에 근접해 있는가?

그런데 그전에 '밝혀지지 않는 그 일'에 대해서 먼저 짚어봐야 할 것 같다. 다음의 인용문을 읽기로 하자.

> M은 최근 몇 년간의 나를 잘 견뎌주고 있었다.
>
> 아직도 그 일[5] 때문에 미안해하고 있어?
>
> M은 대답이 없었고, 내가 재차 묻자,
>
> 견디거나 그런 건 난 못해.
>
> 한마디를 들을 수 있었다. 나는 그의 그런 태도가 진심이었으면 좋겠다고 생각하고 수행이 필요한 사람도 M이 아니라 나라고 생각한다. (「넌 쉽게 말했지만」, 76~77쪽)
>
> M과 나는 어떤 일을 함께 겪게 되었다. 겪은 것이 아니고 겪게 된 것이었다.
>
> (……)

5) 이하 강조는 인용자.

그 일이 각색되어 퍼진 뒤, 병원에 다니게 되었다. 의사는 내게 왜 그 일을 K나 가족에게 비밀로 하느냐고 물었고 나는 "창피하기도 하고…… 미안해서요"라고 대답했다.

어쩌면 우리는 이미 닫힌 마음을 그 일로 인해 다시 열고 있는 것인지도 몰랐다.

(……)

나는 사실 M에게 많이 미안했다. 눈앞에 그날의 기억이 스칠 때마다 그러니까 하루에도 수십 번씩 M에게 미안했다. (「일상생활」, 127~128쪽, 142~143쪽)

작년 여름에 수연이 겪은 일은 가을쯤 들었는데 나는 그저 이젠 이겨냈겠지, 하고 대수롭지 않게 생각해오고 있었다. 그러고 보니 아까 내가 느낀 수연의 여유랄지 하는 것들이 어쩌면 체념 같은 것이 아니었을까 생각이 들기도 한다. (「그냥, 수연」, 221쪽)

나는 그 일 이후에 단 한 번도 그 일과 관련된 말을 입밖으로 꺼낸 적이 없다. 없던 일로 하고 싶은 나의 유일한 노력이다. 가끔 불행 속으로 스스로 걸어들어가는 사람을 볼 때가 있다. 슬프지만 수진도 그런 사람 중 하나였다. (「나 어떡해」, 241쪽)

위의 인용문과 같은 대목을 읽을 때 우리 독자들은 '그 일'에 주의를 기울일 수밖에 없다. '그 일'이 작중인물들의 마음과 행위에 중대한 영향을 끼치고 있음이 분명하기 때문이다. '그 일'을 다각도로 조명해보는 것이 소설을 이해해보려는 이들에게 요구되는 일이기도 할 것이고, 이 소설의 내러티브가 결국 '그 일'을 둘러싼 탐색이 되리라고 예측해볼 수도 있을 것이다. 그러나 이주란의 소설은 '그 일'에 대해 밝히기를 끝내 거절한다. 이 소설들이 다루고 있는 사건의 실상이나 작중인물들의 마음에 대해 이해해보려는 시도는 그래서 벽에 부딪히고 만다. 그런데 '밝혀지지 않는 그 일'이 이주란의 소설에서 자주 반복되기 때문에 이것이 내러티브상의 결함이라기보다 이주란의 글쓰기에서 의식적으로 특별한 기능을 수행하도록 고안된 것처럼 보이기까지 한다.

어떤 기능? 사건들 사이에서 인과관계를 밝혀내고 이를 통해 무엇인가를 가시화하거나 의미화하는 일에 대한 모종의 불신을 실천하는 것? '밝혀지지 않는 그 일'을 끝내 밝히지 않고 그것을 함부로 언어화하려다가 무엇인가가 휘발되거나 오해되지 않도록 하면서도, 밝혀지지 않는 무엇인가가 이 소설 아래에서 그리고 작중인물들의 마음 한가운데서 끊임없이 꿈틀거리고 있다는 사실을 환기시키는 것?

그런데 '밝혀지지 않는 그 일'이, 비교적 분명히 죽음이나 죽음을 향한 충동을 드러내고 있는 세 편의 소설 「한 사람을 위한 마음」「멀리 떨어진 곳의 이야기」「사라진 것들 그리고 사라질 것들」에는 표시되어 있지 않다는 사실에 어떤 의미가 있다면 그것은 무엇일까?

*

새롭게 제기된 질문에 답을 시도하기 전에, 한 번만 더 우회하기로 하자. 우울증에 관한 어떤 이야기를 향해서.[6]

사랑하는 사람이나 소중한 물건을 잃고 나면 누구나 슬픔에 잠긴다. 그러나 그런 방식으로 슬픔에 잠긴 모든 사람이 우울증자는 아니다. 너무 많이 슬퍼하는 사람, 과도한 슬픔에 잠긴 나머지 스스로를 해치는 사람이라는 식으로 우울증자를 설명하는 것도 불충분하다. 우울증을 여타의 슬픔의 범람과 구분하는 것은 메아리 혹은 그림자다.

우울증자가 어떤 일을 겪고 슬픔에 잠길 때, 그녀는 현재 겪고 있는 그 일에서 오는 낙담에서 멈추는 것이 아니고, 그러한 낙담에 선행하는 근본적인 트라우마가 메아리치게 하고 또 그것을 면밀히 검토하는 것처럼 보인다. 그녀는 사랑하는 사람이 자신을 떠

6) 우울증에 관한 이하의 내용은 줄리아 크리스테바의 『검은 태양-우울증과 멜랑콜리』(김인환 옮김, 동문선, 2004)의 1장과 2장 가운데 일부를 이 글의 취지에 맞게 정리한 것이다.

나갔을 때, 깊은 슬픔에 빠져, 현재의 상실에 선행하는 상실을 찾아낼 수 있게 된다. 우울증자는 아직 이별하지도 않은 그녀에게 헌신하는 현재의 연인에게서 언뜻 그 옛날에 잃어버린 사랑의 대상의 그림자를 발견하게 되면서 커다란 슬픔에 빠지기까지 한다. 그녀의 우울증은 그녀가 상실(을 완료)할 줄 모른다는 것을, 그녀가 삶에서 겪게 되는 상실의 순간마다 그녀에게서 가장 값진 부분을 끊임없이 다시 빼앗긴다는 점을 가리켜 보인다.

반대로 말해보는 것도 가능하리라. 사랑에 빠지지 않는다면, 결코 빼앗길 수 없다고 느끼는, 그러나 이미 빼앗겼고 반복해서 빼앗기는 '그것'에 대한 체험에 접근할 수 없다. 사랑에 빠지는 경우에만, 그 모든 현실에서의 상실에 선행하는, 너무나 간절히 사랑했으나 이미 빼앗겼고 끊임없이 다시 빼앗기는 바로 '그것'의 상실에 다가갈 수 있다. 그런데 어떤 작가에게는 글쓰기란 바로 '그것'의 상실에 다가감 이외에 아무것도 아니다. 그렇다는 것은, 어떤 글쓰기가 사랑을 통과하면서 원초적인 상실 혹은 상실된 원초적인 것에 접근해가는 작업으로써, 우울증을 대체하는 것이라고도 할 수 있다.

우울증에 걸린 사람이 그 침울한 기질 때문에 다른 무슨 건강한 일을 할 수 없게 된 탓에 골방에 앉아 어둡고 무거운 이야기들을 쓰게 된다는 뜻이 전혀 아니다. 반대로, 사랑을 통과하면서(!) 그러나 동시에 우울증만이 가리켜 보일 수 있는 어떤 통로를 지나가면서 다시 그러나 동시에 우울증이 예고하는 소멸(극심한 무기력, 그리고 어쩌면 죽음)에 맞서 싸우면서, 글쓰기는 이뤄지는 것이다. 우울증자가 작가가 되는 것이 아니라 우울증에 저항하는 자만이 작가가 된다.

그런데 우울증자가 언제나 다시 빼앗기는 '그것', 저 원초적인 상실 혹은 상실된 원초적인 것이란 무엇일까? 그것은 우리가 '말하는 존재'가 되면서 잃어버린, 좀더 정확하게 말하자면 우리가 배신한 어떤 상태(언어 이전의 날것으로서의 생명?)다. '그것'은 언어 이전, 표현 이전에 있는 것이라는 점에서 명명될 수 없고 표상될 수 없는 것이다. 그 점에서 '그것'은 현실의 말하는 존재들에게는 기억될 수도 의식될 수도 없다. 그 점에서 '그것'은 무無와 다름없다. 그런데도 우울증자는 '그것'을 상실할 줄 모르는 것이다. 동시에 그럼에도 우울증자 역시 말하는 존재이기 때문에 '그것'과 연결되어 있을 수는 없는 것이다. 우리가 말하는 존재이기 때문에 '그것'을 배신했다는 사실이, 그리고 그 때문에 '그것'과는 이제 더이상 연결되어 있을 수 없다는 사실이, 게다가 그것과의 새로운 연결 통로의 개척이 우리 말하는 인간들에게는 언제나 '언어화'의 과정이기 때문에 그러한 개척이 결국 새로운 배신일 뿐이라는 사실이, 그렇지만 '그것'이야말로 우리의 삶의 근거이며 간절히 사랑했던 원초적인 것이라는 사실이, 우울증자들의 치명적인 곤혹이다.

'그것'을 배신한 뒤에 이루어진 정상적인 삶이라는 것, 그 언어화되고 의미화된 삶이라는 것이 어떤 의미에서 '그것'을 죽여버린 뒤에만 가능해진다는 점에서 우울증자는 자신의 삶과 언어를 텅 비어버린 것으로 혹은 죽어 있는 것으로 느낀다. 그래서 우울증자는 때때로 정상적인 삶을 살아가는 사람들 사이에서 자신을 유령이라고 느끼거나 자신의 진짜 삶은 어딘가 다른 곳에 있으며 그곳에 나 있는 창을 통해 지금 이곳의 죽어 있는 현실을 바라보고 있다고 느낀다. 혹은 그녀는 자신이 산 채로 매장되어 있다고 느끼기도 한다. 이것이 우울증자를 극단적인 무기력으로 이끌고 간다. 이 때문에 우울증자는 때때로 자신이 쓰는 말이 죽어 있다는 사실을 표시하려는 듯이 무기력하거나 파괴된 말을 쓰거나, 자신의 삶이 텅 비어 있다는 사실을 표시하려는 듯이……

*

이 길고 긴 우회로들을 거쳐 다시 이주란의 소설 그리고 그 소설을 읽으며 떠올린 우리의 질문들로 돌아와보자.

「한 사람을 위한 마음」「멀리 떨어진 곳의 이야기」「사라진 것들 그리고 사라질 것들」을 겹쳐 읽을 때 우리는 거기에서 무엇인가가 메아리치고 있다는 인상을 받게 된다. 그리고 그것은 표면적으로 죽음이나 죽음을 향한 충동의 메아리라고 읽히기도 한다. 하지만 이 메아리의 초점은 그것이 아니다. 그것의 심층에는 원초적인 상실 혹은 상실된 원초적인 것이 놓여 있다. '그것'이 메아리치는 것이다. 이 메아리는 삶과 언어를 텅 빈 것으로 혹은 이미 죽어 있는 것으로 느끼게 하는 메아리이므로 이것은 때때로 죽음이나 죽음을 향한 충동과 혼동되기도 한다. 하지만 그런 혼동의 와중에도 이 메아리는 때때로 언어화하는 것이 불가능한 상실한 '그것'을 어떤 방식으로든 되찾고 '그것'과 다시 연결되고자 하는 힘겹고 불가능한 시도가 되기도 한다.

그러므로 한편에서 이주란의 소설은 그것을 함부로 언어화하려다가 무엇인가가 휘발되거나 오해되지 않도록 하면서도, 무엇인가가 이 소설 아래에서 그리고 이 소설 속 사건들과 인물들의 마음 한가운데서 끊임없이 꿈틀거리고 있다는 사실을 환기시키는 '밝혀지지 않는(언어화하는 한 배신하게 될) 그것'을 꾸준히 표시한다. 다른 한편으로는 이주란의 소설은 '그것'이 메아리치게 하고 그 메아리에 귀기울이며 치명적인 소멸과 상실 그러니까 죽음 가까이 내려가 잃어버린 것 사라진 것 멀리 떨어져 있는 것과의 접촉을 시도한다. 그러니까 앞에서 내가 '이주란 소설 속 인물들은 왜 자살하거나 자살하고 싶어하는가? 혹은 왜 그렇게 자살에 근접해 있는가?' 하고 물은 것은 초점을 잘못 맞춘 것이다. 그 인물들이 근접해 있는 것도 죽음이나 자살이기보다는 '상실'인 것이다.

*

이 점에서 생각해보면 강조되어야 할 것은 다음과 같은 표현의 반복과 변주다.

지난날들이 다시 오지 않는다는 것에 가슴을 쓸어내리는 밤. 그날들은 지나갔고 다른 날들이 온다는 것을 잘 알고 있다. 나는 모든 것은 지나간다는 사실에 잠시 안도했던 적이 있었으나 어쩌면 그 사실이 싫었던 건지도 모르겠다. (「한 사람을 위한 마음」, 38쪽)

어떤 순간이 한 번뿐이라고 생각하면 어쩔 줄을 모르겠다.[7] (「멀리 떨어진 곳의 이야기」, 87쪽)

우리가 겪는 매 순간들은 이미 사라지고 있는 순간들이고 그렇게 우리의 삶이란 사라진 것들 그리고 사라질 것들로만 되어 있다는 생각 때문에 어찌할 바를 모르는 사람들, 그러니까 상실할 줄 모르기 때문에 끊임없이 다시 빼앗기는 우울증자들의 마음과 그

7) 이 구절은 첫 소설집 『모두 다른 아버지』의 작가의 말을 연상시킨다. "우리는 모두 하나뿐인데 어떤 것이 내게 하나뿐이라고 생각하니 어쩔 줄을 모르겠다." (255쪽) 이것은 작중인물이 떠올리는 수많은 생각 가운데 하나가 아니라 이주란 소설의 테마인 것이다.

곤혹 같은 것이 이주란 소설의 토양이다. 이 곤혹이 이주란의 소설이 감당해야 하는 고통인데, 이 곤혹은 동시에 사라진 것들 그리고 사라질 것들을 붙들고 표현해내고자 하는 의지의 발화점이기도 하다.

「사라진 것들 그리고 사라질 것들」에서 조지영이 작은 물건조차도 못 버리게 된 것, 그것이 그녀의 삶을 힘들게 했지만 그런데도 끝내 그 습관을 고칠 수 없었던 것도 같은 맥락에서 이해될 수 있다. 그 작은 물건들이 사라질 것들이라는 사실, 결국 사라진 것이 될 것이라는 사실을 견딜 수 없었기 때문에 그녀는 그 물건들을 도무지 정리해버릴 수 없었을 것이다. 그녀가 일기 쓰기에 실패하는 것도 마찬가지이리라. 그녀는 그녀의 공간을 점령하고 어지럽히는 물건들은 버리고 그 물건들의 기억만을 일기 안에 남겨두려 했지만 그 기억들을 정리하려 하자마자 그녀의 글쓰기 속에서 무엇인가가 선택되고 기록되는 이상으로 무엇인가가 누락되어야만 한다는 사실에 직면해야 하기 때문이다. 그러므로 그녀의 일기는 아마도 간단한 메모로 정리될 수 없었을 것이고 며칠이 지난 뒤에 다시 떠오르는 기억들을 추가로 기입해야 했을 것이고 결국 그녀의 일기장은 그녀의 방처럼 복잡하게 어질러지게 되었을 것이다(「멀리 떨어진 곳의 이야기」가 날짜의 순서대로 정리될 수 없었던 것도 이와 같은 사정 때문이었을 것이다). 다시 한번, 그녀가 근접해 있는 것은 죽음이나 자살이기보다는 '상실'인 것이다.

「사라진 것들 그리고 사라질 것들」의 조지영에 한정해서 말하자면, 그녀는 상실을 수습하거나 회복하는 데 실패했다고 말해야 할지도 모른다. 하지만 그것은 그녀 개인의 정신적 결함 때문이 아니다. 차라리 그녀는 상실에 둔감해지는 성상적 삶에 유용한 결함이 없었기 때문에 상실의 메아리에 예민하게 노출되었던 것이라고 말해야 할 것이다. 그것이 그녀의 감당하기 어려운 죽음에 가까운 고통의 근원이었고 동시에 그녀의 감당하기 어려운 삶과 표현에 대한 애착의 근원이었다. 조지영에 대해 생각하고 생각한 끝에 조수영 또한 그 메아리를 들으며 상실에 접근했던 것 같다. 조수영 또한 애초의 계획과 달리 조지영의 유품 정리를 포기하게 되는 것이다. 지금까지의 논의에서 분명해졌기를 바라건대, 여기서 '정리'를 포기한다는 것은 실제로는 '그것'에 대하여 포기하지 않는다는 말과도 같다. 조수영이 조지영에 대해 생각하느라 조지영의 방에서 (아래층 남자 때문에 불안에 떨면서도) 사흘을 살았던 것처럼, '그것'에 접근해들어가며 사라진 것들 그리고 사라질 것들을 붙들고 표현해내고자 하는 의지가 (언제나 성공한다고 낙관할 수는 없지만) 결국 죽음과 자주 혼동되는 상실의 메아리 위에서도 조수영을 살아 있게 할 것이다.

「준과 나의 여름」의 그 사랑스러운 커플이 마지막에 가서 모르는 사람의 방치된 무덤 위의 풀을 깎는 단순하지만 감동적인 그 장면이 우리에게 특별한 인상을 남기는 것은, 그 커플의 선한 행동 때문만은 아닌 것 같다. 그들의 생각과 행동과 대화가 그리고 그것을 포착하는 이주란의 문장들이 이미 사라진 것들 그리고 사라질 것들을 어루만져왔기 때문에 모르는 사람의 방치된 무덤 위의 풀 깎기는 그러한 어루만짐을 종합하고 가시화하는 표현이 되는 것이지, 그 앞의 어떤 사건들 뒤에 갑작스럽게 혹은 우연히 덧붙여진 독립된 선한 행동은 아닌 것이다. 그들이 풀 깎기로 한나절을 보냈듯 사라진/질 것들을 어루만지는 일이 결국 그들을 살게 하고 상실의 메아리와 우리가 자주 혼동하게 되는 죽음 혹은 죽음을 향한 충동에 너무 쉽게 굴복하지 않도록 도와주기도 할 것이다.

*

아마도 이렇게 정리할 수 있을 것이다. 이 글을 시작하면서 쓴 말을 반복하자면, 이주란의 소설은 너무나 사소해서 거기에 어떤 의미나 가치가 있을까 싶은 없는 자들의 삶의 순간들을 담담하고 무심한 체하면서도 구체적이고 섬세하게 묘사해내는 바람에 그것을 독자인 우리들이 더이상 심상하게 넘겨버릴 수 없는 나름의 절박하고 소중한 순간들로 제자리를 찾게 해준다. 다시 반복하는 말이지만, 그리고 그것은 우리가 겪는 매 순간들이 이미 사라지고 있는 순간들이고 그렇게 우리의 삶이란 사라진 것들 그리고 사라질 것들로만 되어 있다는 생각 때문에 어찌할 바를 모르는 사람들, 그러니까 상실할 줄 모르기 때문에 끊임없이 다시 빼앗기는 우울증자들의 마음과 그 곤혹 같은 것에서 비롯된다. 사라진 것들 그리고 사라질 것들을 그것들의 사라짐으로부터 건져내서 표현해내려는 시도, 하지만 그 건져냄이라는 것이 반드시 실패하고 말리라는 사실에 대한 우울하고도 정직한 인정을 포함하기 때문에 더욱 섬세하고 예민해지는 시도, 그러한 시도 속에서 결국 자기 자신을 살게 하는 시도. 이주란의 소설을 읽는다는 것은 이 시도들에 동참한다는 것이 아닐까.

작가의 말

나는 사는 게 두렵고 무서워
되도록 생각 없이 살려고 노력한다.
그럴 때마다,
선생님은 따뜻한 사람이고
그때 선생님이 할 수 있는 최선을 다한 거라는
목소리가 떠오른다.
늘 후회를 하며 살아와
최선을 다했다는 생각은 한 번도 해본 적이 없던 내게,

요즘은 좀 어떠세요 그녀가 물었고
퇴근길 버스 안에서 나는 울었다.

아직이시구나 그녀가 말했고
나는 울었다.
선생님은 따뜻한 사람이고
그때 선생님이 할 수 있는 최선을 다하신 거예요 그녀가 말했다.
아닌 것 같아요 내가 말했고
아니지 않아요 그녀가 말했다.
그런가요 내가 말했고 그럼요 그녀가 말했다.
버스에서 내려 집까지 함께 걷던 그 길.
함께 걸은 그 길 덕분에 나는 나 자신을 조금 좋아하게 되었다.

하나뿐인 M과,
사랑하는 엄마와 밤이, 사랑하는 언니와 형부와 마요,
최근 몇 년간 나를 가장 많이 웃기고 울려준
따뜻한 수연 선생님과 성헌 오빠와 수진,
그리고 최욱씨에게 정말 많이 고맙다.

되도록 생각 없이 살려고 노력했고 꽤 잘하고 있다고 생각했으나
몇 년째 그 생각의 언저리만 빙빙 맴돌고 있었다는 걸,
여기 묶인 글들을 쓰면서 알게 됐다.
나는 그게 너무 다행이고 또 다행이라는 생각이 든다.

마지막으로
책을 묶는 동안 내 마음을 편안하게 해준
편집자 영수 오빠에게 고마운 마음을 전하고 싶다.

2019년 11월

이주란

| 수록 작품 발표 지면 |

한 사람을 위한 마음 …… 『악스트Axt』 2019년 5, 6월호

넌 쉽게 말했지만 …… 『21세기문학』 2018년 가을호

멀리 떨어진 곳의 이야기 …… 『자음과모음』 2017년 가을호

일상생활 …… 『현대문학』 2018년 2월호

사라진 것들 그리고 사라질 것들 …… 문장 웹진 2017년 6월호

준과 나의 여름 …… 『실천문학』 2019년 가을호

그냥, 수연 …… 웹진 비유 4호(2018. 3)

나 어떡해 …… 『문학과사회』 2018년 봄호

H에게 …… 『릿터Littor』 2017년 10, 11월호

문학동네 소설집
한 사람을 위한 마음

1판 1쇄 2019년 11월 25일
1판 7쇄 2023년 10월 12일

지은이 이주란
책임편집 김영수 | 편집 김봉곤 강윤정
디자인 김현우 유현아 | 저작권 박지영 형소진 최은진 서연주 오서영
마케팅 정민호 서지화 한민아 이민경 안남영 왕지경 황승현 김혜원 김하연
브랜딩 함유지 함근아 고보미 박민재 김희숙 정승민 배진성
제작 강신은 김동욱 이순호 | 제작처 영신사

펴낸곳 (주)문학동네 | 펴낸이 김소영
출판등록 1993년 10월 22일 제2003-000045호
주소 10881 경기도 파주시 회동길 210
전자우편 editor@munhak.com | 대표전화 031) 955-8888 | 팩스 031) 955-8855
문의전화 031) 955-3576(마케팅) 031) 955-2678(편집)
문학동네카페 http://cafe.naver.com/mhdn
인스타그램 @munhakdongne | 트위터 @munhakdongne
북클럽문학동네 http://bookclubmunhak.com

ISBN 978-89-546-5872-0 03810